いつか辿り着ける陽のあたる場所

～薬物依存症の家族を抱えて～

山辺依和
YAMABE Iyori

文芸社

プロローグ

「心の弱さ」とはどんなものなのか。

「打たれ弱い」とか、「精神的にもろい」とか、言葉としての表現はたくさんあるけれど、この「弱さ」は人の内にのみ存在するもので、大きさも単位もないのだから、その度合いはよくわからない。誰かと比べることもできないし、他人が知ろうとしても憶測でしかない。

「依存症」は脳の病気。「依存」をやめられないのは、けっして意志が弱いわけではなく、本人だけでは治せない病なのだとよく言われる。それが本当なのかどうか、この病に罹っていない側の人間であるわたしには判断できない。

ただ、「依存症」に罹ってしまった人でも、自らの決意で「依存」を断ち切った人もいることは確かであり、専門的治療を要するという診断も、絶対ではないのだろう、とは思っている。

どちらかといえば、絶対ではないと思うほうが強く、「依存」を断ち切れないのは意志の弱さのせいと思っていたわたしだが、これから記す体験によって、それが単に無知な考えだったと反省した。

「依存症」に罹ってしまった人にとって、「依存」を断ち切るということがどんなに困難なものなのか、「依存」に苦しむ側の気持ちも理解しなければならないということを、わたしは「薬物家族教室」で学ぶことになる。

もくじ

第一章　運命の始まり

それは、ある朝突然やってきた。

いつもと変わらない朝のはずなのに、目覚めると何かが違っていた。頭の中に重苦しい空気が漂っていて、その中で蚊のような小さな虫がもがいているような感覚だった。寝起きに、遠くから聞こえてくる音が目覚ましだと気づくような感じで、意識が次第にはっきりしていくと、ようやくそれが自分の中で鳴っている耳鳴りだとわかった。自分音感での表現だが、ラの音なのかシの音なのか、とにかく甲高いツーンという音がしていた。それと同時に気圧の変化で生じる嫌な耳閉感もあった。

（これって、何？）

明らかに自分の体に異変が起きている。

そう感じた時にすぐにでも診てもらえば良かったのだろうが、耳鳴りくらいで仕事を休むわけにもいかないと思い、そのまま放置してしまった。そして、しばらくしても症状が治まらないことに気づき、病院を訪れたのは一週間以上も過ぎてからだった。

「突発性難聴ですね」

診察した耳鼻咽喉科の医師は言った。

「一週間前からですか。日にちがたち過ぎていると、治療が難しい病気です。少し強い薬を使いますが、とにかく聴力が戻るかどうか、試してみましょう」

そう診断され、薬で治療をすることになったのだが、

「心的ストレスが原因なら、静かに過ごしていれば回復することもありますよ。とにかく安静にしてください」

という医師の言葉は守れそうになかった。

（春也と一緒にいて、静かに暮らすなんて無理だよ）

わたしは心の中で半ば諦めがちに呟いていた。

それから程なくして、わたしの身体に更なる異変が起きた。治療薬の副作用なのかはわからないが、膝裏に膿が溜まり、直径二センチくらいにまで膨らんでしまったのだ。

今度は整形外科の診察を受けることになり、

「化膿止めで炎症が治まるのを待って、膿を取り出しましょう」

という医師の言葉に従い、しばらく様子を見ながら整形外科にも通院することになった。

（これじゃ春也に負けず劣らず薬漬けだな）

耳鼻咽喉科に次いで、整形外科で処方された薬を薬局で受け取りながら、わたしは深いため息をついた。

膝裏にできた膿は歩くのもつらいほどの痛みだったが、それでもなお、わたしは痛みに耐えながら仕事を続けていた。高齢の父と、病気の春也を養っていくためには、続けなければならなかったのだ。

結果、炎症は治まるどころか、痛みは激しくなっていくばかりだった。

良性のものとはいえ、医師もこれ以上放置しておいては良くないと判断し、手術で膿を取り出すことになった。

「山辺依和《いより》さん、こちらへいらしてください」

名前を呼ばれ、手術室に案内された。

局部麻酔を打たれ、うつ伏せになった手術台の上で、

(どうしてこんなことになってしまったのかな)

それまで自分を煩わせてきた苦悩の数々を思い出し、悲しみが溢れてきた。

＊　＊　＊

始まりは母に病気が見つかった頃だったろうか。

インターネットはすでに普及していたが、当時はフェイスブックやツイッターのような交流がさかんなＳＮＳはまだなく、パソコンの扱いに慣れた者たちが、個人で作ったホームページに掲示板を置き、そこで訪問者とやり取りするくらいだった。ホームページ作成などという複雑な作業に不慣れな人や、時間的余裕のない人たちのために、後々無料ブログというものがたくさんできてきたが、まだそれほど多くはない頃だ。

ある日わたしは、自分が契約しているプロバイダの公式ウェブサイト内に、わずかながら自分のページをもらって、日記を書いたり、他の参加者のページを訪問して一言コメントを残したりできる小さな交流の場を見つけた。

その日は入院していた母の検査結果が出て、ステージ４の悪性リンパ腫に侵されていると医師に告げられた日だ。ひどくショックを受けて家に戻ってきたことは覚えている。

気をまぎらわせていないといられなかったので、何かを探すわけでもなく、あてもなくネットサーフィンをしていて、偶然見つけたのがその交流の場、通称「カフェ」だった。

人と接するのが苦手な性格の私からすれば、知らない相手と話をするなんて考えられないことだったが、この時の心境は少し違っていた。母の病気への不安からなのか、誰かの明るい話題を目にしたくて、気まぐれと言ってしまえばそれまでだが、それくらいの気持ちで、なんとなくこのカフェに登録したのだ。それが後に春也と出会うきっかけになる。

ネットでコメントのやり取りをするというのは、実際に面と向かって人と話をするのとは違っていて、自分が明かさない限り相手に顔も素性も知られることはない、画面上だけの付き合いである。文字打ちでする会話の中では、時には身近な人にも話せない心の内まで話せてしまったりするから不思議だ。見ず知らずの相手なのに、とも思うけれど、自分をまったく知らない相手だからこそ話せることもある。目の前にいない相手だから、意見はされても直接干渉してくることはないし、気楽に悩みを話せてしまうのだと思う。

そもそも悩みというのは人に聞いてもらえることで案外楽になったりするものだから、そういう意味ではネットの中の友だちは、聞き手として良い役割をしてくれる。必ずしも友好的に話を聞いてくれる人ばかりではないが、身近な人間とは違い、電源を落としてしまえば簡単にシャットアウトできてしまう世界の人たちだから、目の前に現れて自分を傷つける相手ではない。ネットの中では違う自分でいられることもあり、実際そう考えれば、つらい心情だったわたしにとって少しは心が安らぐ場所であった。

登録してみると、カフェにはたくさんの人が集っていた。興味のあるサークルを見つけて参加したり、面白そうな記事を書いている人のページを訪問してコメントしたり、何気ない時間を過ごすには良い居場所であり、次第に慣れて「カフェ友」と呼べるくらいにまで仲良くなった人も何人かいた。

やがて、二年八か月病魔と闘い続けた母が亡くなった。人見知りで、人と上手くやれないことの多いわたしを最期まで気にかけていた母。自分をいちばんわかってくれていた母を失ったことはとても悲しかった。しばらくの間、何をする気も起きず、パソコンに向かっては目的もなくネットサーフィンばかりやっていたが、カフェの存在があったお陰で落ち込む気持ちを騙し騙し、なんとかやり過ごすことができていた。

母の三回忌を迎えた年の夏、そんなカフェの中でひとつのページを見つけた。

日記を書いているようなのだが、自分の意見を熱っぽく語っていたかと思うと、ある時は自分が病気で毎日薬を飲んでいるという沈んだ内容だったり、またある時はわけのわからない一言だけで終わっていたりといった感じで支離滅裂な日記だった。その人はどうやら個人のホームページも作っているらしい。ＵＲＬが載せてあったので、いったいどんな人なのか気になり、そのホームページとやらを覗いてみることにした。

ぼろぼろで飛べなくなった翼がどうとか、ちょっと悲しげな詩から始まるそのホームページは、とりわけ飾り立てたものではなく、シンプルな配色の画面に、自分の想いを書き綴っているというものだった。

（これって、何？　自分のこと？）

不思議な詩に誘われて迷い込んだホームページではあったが、宝探しのような感覚で、リンクに導かれるままにページを進んでいくと、お絵かき掲示板というところに辿り着いた。

そこには、

〈木の絵が得意です。どんな木でも描きます。誰か、描いてほしい木はありますか？〉

というメッセージが添えてあった。

（へぇ、絵を描く人なんだ）

わたしはいくつか描いてあった木の絵を眺めながら何の気なしに、

〈自分を木にたとえたらどんな木ですか？　自分の木を描いてください〉

と、書き込んでみた。

数日後、再びそのページを訪問してみると、その人はお題に対してとても真剣に考えて絵を描いてくれたらしい。

お題に応えたという絵を載せていて、〈寝ずに考えました。これが精いっぱいです〉と、書かれてあった。

草木なのか、画面いっぱいに多彩な色使いで描かれていて、それで何がわかったかと言えば、心理学者でもないわたしにわかるはずもない。ただひとつ、（この人は絵を描くことが好きなんだ）いうことだけはわかった。

絵というのは人それぞれの感性で描くものだから、気に入るか気に入らないかは受け取る側の好みによると思う。その人が描いた絵からわたしが受け取ったのは、（この人は悪い人ではなさそうだ）という印象で、わたし的にはそれで十分満足だったのだが。

その後すぐ、この絵の作者は、カフェ内の簡易メールで、

〈自分を木にしろって、なんだよ！　そんなもの描けるか！　人をおちょくってるのか！〉

と、とんでもなく怒りまくった内容のメールを送ってきた。

〈人に描けっていう前に、自分が絵を描いて見せろ！〉という文句と一緒に、そこにはプロバイダの正式なメールアドレスが記されていた。

当然、「ここに返信しろ」ということだろう。相手はひどく怒っているみたいだし、なんとか怒りを収めなくてはと思い、ファイルも添付できるフリーメールを使って、〈悪気で言ったわけではないです。気を悪くしたならごめんなさい。わたしも絵を描きました〉

と、自分のお粗末な犬の絵を添付し、謝りの気持ちを込めた返信を送った。

かなり憤慨しているようだったし、それきりその人とのやり取りはなくなるだろうと思っていたのだが、意外なことに後日犬の絵を褒める返信が来た。更には〈カフェをやめないでほしい〉〈カフェでサークルをやっているから入ってくれないか〉と言ったことがメールに書かれてあった。

「やめないで」という言葉には、さすがに「大袈裟な」と苦笑したが、どうやらその人は気に入らないとつい攻撃的なことを相手に言ってしまうことがよくあるらしく、〈なんかちょっと言い過ぎるとみんなやめちゃうから〉と、説明してあった。

確かにこんなケンカ腰のメールを送ってこられたら、面倒な相手に絡まれたと思って、たいていの人は引いてしまうのだろうなと、最初のメールを読み返しながら思った。

変なやつとは思ったが、自分の絵を褒めてくれたし、言い合った人がみんなやめちゃうみたいなことをバカ正直に話してしまうような相手に、（そんなことくらいでやめないし。友だちに「変わってるよね」とよく言われるわたしに「右に倣え」な反応はないでしょ）と、一人ツッコミを入れていた。

そんなわけで、その人がやっているという「アニメサークル」に参加してみることにした。

もちろんそのアニメは知っているけれど、初期の頃のシリーズを何作か観たくらいで、それほど詳しいわけではない。会話についていけるのか、という思いもありながら、いざサークルに行ってみると、そこには歴史好きなおじさんとか、「今アニメ観始めてます」という主婦とかが参加していて、とりわけ「そのアニメが好き」というわけではないけれど、この人に頼まれてなんとなく入ってきたんだろうな、という感じの人たちがいた。話題も「そのアニメ通」じゃないとついていけないようなものではなく、これなら大丈夫かな、と少しほっとした。

とはいえ、その頃タイムリーでやっていたシリーズ新作が好評で、わたしが契約したインターネットプロバイダには、テレビの再放送を無料で視聴できるサービスコンテンツが付いていた。話題になっていたし、ちょうどその新作を観始めたところだった。久々に観たシリーズではあったけれど、これがなかなかに入り込みやすい面白い話で、コメントもしやすく、サークル内ではそれなりに盛り上がった。

そんなこんなでサークル内でいろいろやり取りするうちに、次第にサークルオーナーであるその人とは打ち解けて、自分の身の上話をしてくれるようになった。

彼の名前は山辺春也。

十六の時から精神安定剤を飲み続けていること。具合の悪い時は寝たきりなこと。時々腹痛に襲われ、自分は長くは生きられないようなことを話し始めた。

なぜそんな人生を歩むことになったのかは、後々語ることになるが、「死にたいけど死ねない」「生きる意味を探してる」、そんな独り言のような日記を書いている彼が気になったし、彼が病気になった経緯を聞いて気の毒にも思ったし、なんとなく見捨てられないような気持ちからだった。

強い物言いをしてくる相手やあからさまに人を見下す相手には嫌悪感を抱いてしまうわたしだったが、弱さや不器用さが見て取れる人にはなんとかしてあげたい的な血が騒ぐらしい。

というのも、子どもの頃、何をやるにもとろくて、劣等感の塊だったわたしは人の邪魔にならないようにと気を使ってばかりで、窮屈な思いをしていたから、問題を抱えている人間には自分を重ねて放っておけない気持ちになってしまうのだ。弱い者の味方とまでは言えないけれど、つい悩み話を聞いてしまったりするので、心的な病をもつ人と友人になっていることがあるのは確かである。

春也を気にかけ始めたのも、訳ありで不本意な人生を送っている人間を放ってはおけない、そんな気持ちだったのだと思う。

リアルで仲の良い友人の中には、「そんな変なやつの相手をするのはやめたほうがいい」と言う者もいたが、ネットの中だけの付き合いだし、それほど深く考えずにいつの間にか彼の話の聞き役になっていた。

わたしの仕事は学習アドバイザーで、子どもに勉強を教えたり、進学相談に乗ったりしていた。担当の子以外でも自習に来ていて仲良くなった子もいて、特にその頃、大学浪人していた裕ちゃんからはよくメールが届いていた。

裕ちゃんはとても人懐っこい子で、仲良くなった先生や生徒たちをお茶やご飯に誘ったり、気晴らしにカラオケに誘ったりしていた。

クリスマスが近づいたある日、彼女は他の先生や生徒と教室でクリスマスパーティーをしようと計画していて、わたしにも出てこないかと誘いのメールを送ってきた。人の集まりに参加するのは苦手だったし、あまり乗り気ではなかったのだけれど、子どもの誘いを断るのも悪い気がして、思い切って出てみることにした。

集まりといっても四、五人程度のもので、参加してみればそれなりにたわいもない話で盛り上がり、結構楽しい時間を過ごしていた、そんな時だった。

わたしの携帯のメール着信音が鳴り、送り主を確かめると春也だった。

携帯のメールアドレスを教えてほしいと言われて教えてはあったのだけれど、どうやらパソコンのほうに何か添付動画を送ったらしく、観てほしいという内容のメールだった。

パーティーの最中だったし、しばらく帰れそうになかったので、

〈今、出かけてるから、家に帰ってから観るね〉

とだけ返信した。

その後、一時間くらいしてパーティーがお開きになったので、家に帰り、春也が送ったという動画を観てみた。

「春ちゃんの庭園散歩」というもので、屋敷の広い庭らしきものを含めた何枚かの写真を

アレンジして、曲に合わせて移り変わらせるという技法を使った動画だった。最後には映画のエンディングロール風に、製作者である春也の名前が流れていった。

〈観ました。すごいね！〉

自分では作れないものだったし、素直な驚きと感動を込めた言葉のつもりだったのだが、一言感想のわたしに対して春也は相当不満だったようだ。

自分が時間と労力を注ぎ込んで作った動画に対して、あまりに素っ気ないと感じたらしく、

〈感想はそれだけかよ。人がどれだけ時間をかけて作ったと思ってるんだ！〉

と、怒りのメールを返してきた。

「喜怒哀楽が激しいです」と自己紹介に書いてはあったが、本当によく怒る人で、相手から自分が思うような答えが返ってこないと面白くないようだ。わたしにだって仕事やら生活があるわけで、そんなにいつも彼の思うような対応ができるわけではない。その日もパーティーの後、疲れて帰ってきて、家のこともやらなければならなかったし、急いで動画を観ての感想だったから、一言しか言えなかったのである。彼にしてみればすぐにでも観てほしかったのだろうが、何時間も待たされた後の一言感想だったから、余計に面白くな

かったのだろう。

年末はいろいろと忙しくなるし、春也の相手をするのが面倒くさく感じて、それからもう彼とはやり取りをしないと決め、その年はメールを送ることをしなかった。（向こうもかなり怒っていたし、これで終わりになるかな）と正直思っていた。

だが、新年早々に、今度は、〈おなか痛い〉というメールが来た。

そんな内容のメールがくれば、誰だって心配でメールを返すしかないではないか。

〈大丈夫？　病院行ったほうがいいんじゃない？〉

助言のつもりで言ったのだが、それに対し、

〈病院入ったらもう出られない〉

という返信が返ってきた。

（え？　どういうこと？　そんなに病気は悪いの？）

メールでやり取りしていたとはいえ、わたしは実際の春也を知らない。

病状すら知らないのに、どう返したらいいか、わたしは戸惑った。

〈でも、おなか痛いんなら、病院行かないと〉

入院になるということなのかもしれないが、痛いというならそう返すしかないではない

か。そんな思いでいると、

〈ねぇ。そばにいてくれる?〉

と、突然春也が言い出した。

〈どういうこと?〉

〈俺、死ぬかもしれない。でも、見守ってくれればいいよ〉

〈なに、それ?　やだよ。付き合っても思われてもいない相手に、そんなこと言われても困るよ〉

また自分勝手なお願いが始まったと思い、メールを打つのも面倒になったので、「ふざけないでよ!」と言うつもりで、わたしは春也に電話をかけた。

電話にすぐ出た春也は、

「依和のこと、ちゃんと思ってるよ。ソウルメイトだと思ってる。俺、病院入ったら出られないから。依和に見守ってほしい」

そう静かな声で言った。お腹が痛くてつらいのか、弱々しい声だった。

「わかった。見守るよ。わかったから、ちゃんと病院行ってね」

(なんだよ、もうすぐ死ぬ人みたいな言い方で、人に見守れなんて言うなよ!)

心の中では腹立たしい思いだったが、それは春也に対してではなく、自分自身に対してだった。

（見捨てられないじゃないか！）

わたしの目からは涙が溢れていた。


それからは、春也に対する思いが「なんとかこの人を元気にさせないと」という気持ちに変わっていた。

腹痛は時々起こるようだったが、病院に入院する事態にはなっていなかったので、わたしは少しでも気が紛れるようにと、

〈観たいって言ってた映画、観に行かない？〉

〈絵のスクールで作品展があるんだけど行かない？〉

そう言って、春也を家から誘い出すようになった。

春也は一見どこもなんともなさそうだったが、二度目に出てきた時、どうやら一睡もしていなかったようで、作品展の絵を観た後、どこかで休みたいと言い出した。カラオケ店で少し休んで帰ったが、三度目の誘いの時、春也は出てこなかった。

約束の時間になっても春也は現れず、〈具合が悪い〉というメールが来た。電話をしてみると、まだ家にいた。そして、「もう少し待ってくれ」と言う。

せっかくこのために上京したのに、という思いだったわたしは、「近くまで迎えに行くから」と、春也の家の最寄り駅まで行ったのだが、それを春也はひどく嫌がり、「家には来るな。来たら絶交だ」と怒ったように言った。調子の悪い自分を見せたくなかったのだろう。

仕方なくぶらぶらしていると、実家の車で春也が駅までやってきた。

「途中まで送るから」

そう言った春也は、顔色が悪く、本当につらそうだった。

それでもわたしに何か話そうと気を使ってくれたのか、新宿へ戻る何駅か先まで車で送ってくれて、言葉少なく戻っていった。

わたしは一人で作品展へ足を運び、そこで自分の絵が審査員奨励賞になっていることを知った。嬉しいはずがなぜか悲しかった。帰り道、途中で降りだした雨に濡れながら、（春也は普通の身体ではないんだ。自分と同じようには動けないんだ）と、改めて強く感じた。

〈もう春也を呼びだすのはやめよう〉
わたしはその時、心に決めた。

その後も彼とメールでのやり取りは続いていたが、春也は日中寝てしまうと二日ほど起きないことも多かった。返信が来ない日はたぶん寝ているんだろうな、とわたしは春也の生活パターンを想像できるようになってきた。

春也に会う目的ではもう東京へは行かないと決めたが、春也の調子が良さそうな時に、〈うちに来てみる?〉と何気に誘ってみた。

すると、意外にも、〈うん、行く!〉と社交辞令ではない返事が返ってきたので、さっそくいつでも使える往復特急券を送ってみた。

母が亡くなってからは、父と二人暮らしであまり会話もなく、わたしは離れにいることが多かった。なので、春也を泊める部屋もあったし、話し相手が欲しかったという気持ちもあった。

春也は本当にやってきた。まだ二、三度しか会ったことのない人間に言われて、全然知らない土地にやってくるなんて「勇気あるなあ」と感心したことを覚えている。

しかし、その時ちょうどＷＢＣ（ワールド・ベースボール・クラシック）が開催されていて、日本は第二ラウンドで一勝二敗と負け越してしまい、敗退が決まってしまうだろうというのが大方の予想だったのだが、組内最後の試合でアメリカがメキシコに負け、同勝率で並んだ三国間の失点率が最も良かった日本が決勝ラウンドへ進めるという、後に「アナハイムの奇跡」と言われる嬉しい誤算が起きた。

春也は日本の敗退を見越してわたしの所へ遊びに来る予定だったが、日本が勝ち残ったため、せっかく来たのに「ＷＢＣが観たい」と言って、どこへも出かけずに家でただＷＢＣの決勝を観て帰っていった。なんとも呆れた訪問だった。

わたしに呆れられたことに、春也も気づいたらしい。帰る前の日に、

「いてくれるよね？　見捨てないで」

と、まるで、捨てられる仔犬のような顔をされた。

（また、これか）

自分で自分に呆れるが、

（捨てるかよ。そんな顔されたら許すしかないだろうに）

そんな思いで、答えた。

「大丈夫、いるよ」

弱い人間にめっぽう弱い自分に苦笑した。

春也はテレビに見入ってしまったことを謝り、また来ると言って帰っていった。


それから間もなく、春也はまた我が家にやってきた。

今度は処方箋を持ってきたから何日かいられると言っていた。けれど、いざ処方してくれる薬局を探すと、「処方箋に対応できます」と書かれた薬局であっても、春也が飲んでいる薬が置いてある店はなかなか見つからず、何店か回ったところで、店の人に大きな薬局に行くように勧められた。

おそらく「抗不安剤」だとは思うのだが、わたしの住む町の個人薬局には春也が飲んでいるような分量の薬があまり置いてなかったのである。紹介された大きな薬局になんとか数があって、春也もほっとしただろうが、ここが大きな病院や薬局が揃う東京とは違う場所なのだということを感じたに違いなかった。

それでも、田舎町暮らしも悪くないと思ってくれたのか、春也は処方箋を持って三度わたしの家に遊びにきた。

春也がたびたび家を出るようになってから、春也の両親はわたしの存在が気になりだしたようだ。一度母親がわたしに会いたいと言っている、と春也に告げられ、わたしは春也の両親に会うために、東京へ行くことになった。

そこで、母親の波子に、「できるだけ協力するので、春也のことをよろしく頼む」と言われ、それから二か月後に春也が東京の実家を出ることが決まった。

なぜ、春也なのか。答えは単純なものだった。初めて東京で会った時、頭痛が起こらなかったから。好きとか、そういう感情が芽生えたわけではなく、ただ春也といると気持ちが楽だった。

幼少時分から、人見知りが激しく、家に客が来るとすぐ隠れてしまい、「挨拶をしなさい」と母からよく叱られた。大人になってからも、初めて会う人には身構えてしまって、極度の緊張からいつも頭痛が起こった。そんなわけで、頭痛薬は必需品で常に持ち歩いている。

それなのに、春也と初めて会った時に頭痛は起こらなかったのだ。

「この人は気を使わなくていい人」という、そんなシグナルみたいなものが脳に送られたのだろうか。

映画館の中でせっかく買ったポップコーンを思いっきりこぼしてしまったり、眠いと言ってカラオケ店で横になってしまったり、やることが子どもみたいで、憎めない人だと感じたからなのかなと、後々自分なりに分析してはみた。

こうして、なんとも子どもっぽくて、頼りない春也という一人の人間にわたしは心を許していった。

第二章　隠されていた真実

春也の両親に会ったその年の十一月、兄の弘隆が運転する車で、東京から約三時間かけ、春也は我が家にやってきた。家にひきこもりのような状態でいても春也のためには良くないと、母親の波子が背中を押したのだ。

すでに四十になっていた春也だが、不良グループから引き離すために親戚の家に預けられていた時と、強制的に精神病院に入れられていた時以外、長期間家を出て生活したことがなかった。当然一人暮らしもしたことはない。そんな春也にとって、母親との別れはつらかったようで、家を出る時に泣いたのか、目が少し赤かった。

それでも、車から荷物を下ろしてもらい、軽い昼食を取りながら三人で話をした後、戻る兄を見送る時には、「俺、頑張るよ」と言って、笑顔も見せていた。

兄が帰ってしまうと、

「今頃兄貴は、春也をあんなところに一人置いてきてしまった、とか思ってんのかな。お袋は、春也いなくなっちゃった、って、思ってんのかな」

などと、自分が家を出てしまったことで、母親や兄がさぞ思いをあれこれ巡らせているだろうと、わたしに言ってきた。

寂しさを見せまいと強がっての言葉なのか、よくはわからなかったけれど、苦笑気味に話す春也を見ていて、「自分という存在」が山辺家にとってあるべき存在だったのだと、自分に言い聞かせているように感じた。

春也は高校の時、いじめに遭い、不登校になった。ひきこもりになってしまった我が子を、なんとかしようとしてのこととは思うが、父親は春也を精神病院に入れてしまった。親から見捨てられたのだという思いと、そこでの心が壊れるような屈辱的な体験をした春也は、その後、心の病を患ってしまう。

「心の病」とは外目には見えないものだから、病名もはっきりしない。身体の内部検査では悪い所が見付からないのだけれど、いつも気分が優れないとか、倦怠感がつきまとうとか、そういった自身だけが感じる何らかの症状を訴えると、たいていは「自律神経失調症」という診断になる。

春也も、心療内科に通院するようになってから、ずっと自分の病名をそう思っていたようだ。後に主治医から、正しくは「不安障害」と言われたそうだが、心の病を患う者にとって、それほど病名は重要ではない。それよりも、何らかの心の病に侵された者は、抗不安剤や抗うつ剤といった精神安定の薬を服用しながらしか生活できなくなる、ということのほうが理解しておかなければならない大事なことだ。

春也も、親に強制入院させられた十六の時から、そういった精神安定剤を飲み続けていると聞いた。薬に詳しくないのでよくはわからないが、安定剤というものには眠くなる成分が含まれているのか、春也は日中よく寝てしまう。

本人曰く、普通の人なら働いている時間帯に、自分が同じように働けていない後ろめたさのような気持ちからの逃げで、昼間寝てしまうのだそうだ。眠ってしまえば何も考える必要がない。そこに心の安定を求めてしまうらしい。家にいた頃も、日中はメールの返信が来ないことが多く、おそらく眠ってしまっているのだろうとは、思っていた。そんなわけだから、我が家へ来ても春也が起きていられるのはたいてい日が沈んでからだ。夜になるとほっとするという。誰もが休む時間だからなのか、気持ちが落ち着くらしい。

春也はホームページで公開していたように、花や木が好きで、そういう関連の資格を取っていた。なので、家にいた時は、体調が良ければ日中仕事にも行っていたようだが、いつ仕事に来てくれるのかわからない、あてにならない職人だっただけに、使うほうも楽ではなかったと思う。そんな人間でも使ってもらえていたのは、雇い主が兄の知り合いだったからだろうとは思うが、春也自身はそう思いたくないのだろう。「あてにはならないけど、頼りになる男だからだよ」と、自分の仕事ぶりは真面目で丁寧だといつも主張していた。

すべては春也が話してくれた内容からの推測ではあったけれど、そんな生活を続けていた春也だから、自分が山辺家の厄介者ではないと、自分の必要性を家族が感じているはずだと、そう思いたい気持ちが強いのだろう。わたしはそう勝手に解釈した。


我が家へ来てからも春也は寝ていることが多かった。

「頑張るよ」とは言っていたけれど、新天地へ移ったからといって、体調が急に良くなるわけもなく、ましてや病気がたちまちにして治ってしまうとか、そんな魔法のようなことは起こり得ない。そんな奇跡が起こるのだったら、医者などいらないだろう。

春也にとっては生活場所が変わっただけで、病気を抱えていることに変わりはない。むしろ、環境が変わり、見知らぬ土地で見知らぬ人たちと接していくわけだから、気疲れもするだろうし、慣れるまでには少し時間もかかるだろう。春也の「心の病」については重々承知の上でここへ呼んだわけだし、日中眠ってしまうことについて、当初は仕方ないと思っていた。

ところが、数週間たったあたりから、少しずつ何か春也の様子がおかしいと感じるようになった。目が覚めると必ずどこかへ行っている。生活に必要な物を買い揃えているのかとも思ったが、さほど物自体は増えていない。なのに、お金ばかりが凄い勢いでなくなっているのだ。

春也は東京の家を出る時、父親に百万円をもたされてきた。新しい土地で頑張るようにと、軍資金のつもりで出してくれたのだろう。そのうちの八十万をわたしに預けて、自分は二十万だけを手持ちとしていた。

しかし、その手持ちはすぐになくなった。

春也は、「実は借金があり、その返済にお金が必要なんだ」と言い出し、わたしに預けていた八十万を返してほしいと、早々に言ってきた。もちろん、それは春也が親からもらったお金だし、借金を返済してしまいたいというのなら、別に出し渋る理由はない。言われるままに、春也から預かったお金を全額渡した。

しばらくはそれで返済をやりくりしていたようだが、それも数か月もたたないうちに使い切ってしまった。その後は、「働いて返すからお金を貸してほしい」が始まり、春也に少しずつお金を貸さなければならなくなった。

　春也は働きたいと言って仕事を探し始めたが、なかなか思うような仕事は見つからない。そこで、どうせなら資格を生かした仕事をするのがいいのではないかと提案し、わたしがチラシを作り、二人で近くの家々にポスティングしてみることになった。その結果、何件か連絡が入り、庭掃除やら、木の剪定やらの仕事が入ってきた。中古の軽トラも買ってやり、これで少しでも自分の力で借金返済ができればいいと思っていた。そうは思っても、二、三件くらいの仕事ではそれほどの収入にはならず、加えて春也自身も体調のいい日ばかり続くわけではなかったので、結局、借金の返済をわたしが肩代わりしなくてはならない日々はそれからずっと続いた。

　ここへ来て半年は、春也は我が家に引っ越してきた同居人という形で生活していたが、さすがに親切心だけではすまない額の借り入れをされるようになり、自分に何かあったとき責任をもって対応してもらうため、入籍し、住民票や健康保険証を作り直した。その時に年金手帳も作ったのだが、驚くことに春也には年金がまったく積まれていなかった。子どもが払えないときは親が支払うことが可能になっているが、両親は春也の分の年金を払ってはいなかったようだ。病気の息子が将来独りになったときのことを考えていなかったのか、それとも春也が年金をもらう年齢まで生き延びている可能性を考えていなかったのか、どちらにしても考えれば考えるほど春也が不憫に思えるだけだった。

父親からもらったお金がなくなってからは、春也の「支払いがあるんだけど、お金貸して」が毎月あるようになった。そのたびに、春也は「もう少しなんだ」とは言うが、借金がいくらあるのかはっきり言わない。それが月に二回も三回もあるようになれば、さすがにいったいいくらあるのか知りたくもなるだろう。わたしは春也が封を切って、無造作にテーブルの上に置きっぱなしにしている明細書を開いてみた。

すると、クレジットの利用明細にずらりと並んでいたのは、薬局で購入した咳止め薬の料金だった。一本あたり千円前後だが、それを一日に二、三本ずつ買っている。しかもほぼ毎日のようにだ。単純に計算しても一か月の請求は五万円は超える。

（何、これ？）

その時、初めて春也が目覚めると行っていたのが、薬局だったとわかった。

春也の軽トラが薬局に止まっているのを見かけた人は何人もいるが、それだけの頻度で薬局に通っていたというわけだ。

どうやら薬にお金をつぎ込んでいるというのが決定的になったのは、ある日の義母からの電話でだった。

「ねぇ、依和さん。春也、変な薬やってない？」

義母の波子はそう切り出した。

「え？」

驚いてはみせたが、思うところはあった。

「春也が家を出てから部屋を片付けたんだけどね、薬の瓶が大量に出てきたのよ。まさか、そっちに行ってもまだ薬やってるんじゃないかと思って」

そう言われて、恐る恐る春也のいる部屋の押入れを開けて見た時、わたしは愕然とした。義母の予感は的中していたのだ。

ここへ来て、まだ半年余りだというのに、びっしりと薬の瓶が詰まったゴミ袋が何袋も出てきた。ぱっと見、五、六袋はあった。

「お義母さん、瓶、山ほど出てきました」

わたしの言葉に、義母はがっかりしたように、

「ああ、やっぱり……」

と思わず声を漏らした。そして、

「ねえ、依和さん。悪いんだけど、薬をやめさせるように、川野先生に相談してくれない？」

と、わたしに頼んだ。

川野先生というのは、春也が精神病院にいる時からお世話になっていた医師で、後に病院から独立し、心療内科の開業医になっている先生だった。春也はそこで定期的に診療を受けていた。

義母の頼みに、

「わかりました。次の診察の時に話してみますね」

と、わたしは軽い気持ちで答えたが、その時はまだ、発覚した春也の「新たな病気」のせいで、その後とんでもない人生になるなど思いもよらなかった。かかりつけ医の川野先生に相談すればなんとかなると思っていたのだ。

約束通り、次の診察の時、春也が大量に咳止め薬を飲んでいることを川野先生に話した。すると、「まだやめられてなかったのか」と、先生は少し困惑したように言った。川野先生は春也が咳止め薬を飲んでいることを知っていたのだ。

驚いた様子のわたしに、先生は、

「以前も飲んでいてね、薬物治療のための紹介状を書いたんだけど、行ってなかったのか」そう言って、説明を続けた。

「これは依存症だからね、飲まないようにするしかない。一本でも飲んだらだめだよ」

わたしはその時初めて、春也が『薬物依存症』という病に侵されているということを川野先生から告げられた。ショックだったのを覚えている。

山辺家の人たちは誰もそんなことを教えてくれなかった。「心の病」ということは春也本人から聞いてわかっていたけれど、まさか「薬物依存症」だなんて、春也が薬漬けになっていたなんて、義父も義母も義兄も誰一人、一言も言ってくれなかったではないか。

（「薬物依存症」って、テレビで芸能人とかが違法薬物で捕まった時によく聞くやつ、だよね？）

わたしは内心穏やかではなかった。

市販薬だから、違法ではないだろうが、病状は同じことだ。

（薬をやめられないってことだよね？　薬のためにお金を使うってことだよね？）

わたしの頭の中で不安な思いがぐるぐるした。

春也の「薬物依存症」をわたしの力で治せるのか、わからない。でも、義母と約束してしまったし、やるしかない。当初はそんな思いだった。

まず手始めに、春也の軽トラがいつも止まっているという近くの薬局へ行ってみた。事情を聞いて、その薬局の薬剤師さんは、

「家族みんなで飲んでるのでって言うので、いつも三本売ってたんですよ」

と話すほど、何日かおきに来る春也のことはすでに顔見知りだった。

そして、

「一人で一日三本も飲んでしまってたんですか。それは、身体に良くないですね。今度来たら、注意しますよ」

と、言ってくれた。

次に、二件目。この薬局も、小売店で、薬剤師が一人で販売しているため、しょっちゅう薬を買いに来る春也のことは承知だった。

「何日かおきに来ますね。大量に飲んではいけない薬ですし、うちはいつも一本しか売っていません。けど、そういう事情でしたら、わかりました。今度買いに来たら、家族から

売らないよう言われたと言って、売らないようにします」

　快くわたしの頼みを聞いてくれた。

　そして、三件目。ここはスーパーなので厄介だった。販売員が時間帯によって変わるからだ。それでも、朝起きがけに行くなら午前九時開店間際、仕事帰りに寄るなら午後五時前後らしく、見かけたという店員は多かった。完全に「売らない」といった対応ができるかはわからなかったが、責任者の案で、咳止め薬を店頭に置かず、「お求めの方は店員にお声かけください」という張り紙を出してくれることになった。これで、薬を何本も買うことはできなくなったはずだ。

　少しは薬を飲むのをやめてくれるか、そんな安易なことを思っていた。「依存症」という病気の恐ろしさをわたしはまだ知らなかったのだ。後に参加する薬物家族教室で言われることになるのだが、この時からわたしは依存症者に対して「やってはいけない」とされる真逆の行動を数々してしまうことになる。まさに暗黒の日々に突入してしまったのだ。

　その日、仕事に行った春也から、突然メールが来た。

〈俺、もう死ぬしかない。どこも薬を売ってくれない〉

　そんなメールだった。

〈死ぬって。そんな大袈裟な。たかが薬を飲めないくらいで？〉

そんなふうに思ったが、まさか本気で自殺とかしやしないかと不安になり、

〈そんなこと言わずに帰ってきなよ。全部止めたわけじゃないし、まだ買える店だってあるんじゃない〉

と、少し甘いことを言ってしまった。

その言葉を頼りに、春也はいつも行っている薬局以外の、近くの薬局を探し回ったようだ。今では、ドラッグストアのチェーン店は数多く存在する。だから、数店止めたところで、探し回ればすぐ薬局は見つかり、咳止め薬はたやすく買えてしまう。特に大手のドラッグストアには薬剤師も数人いるし、パートの店員が交替でレジに立っていれば、頻繁に薬を買っている春也に気づかないことのほうが多いのだ。

しばらくして春也は戻ってきたが、ひどく不機嫌だった。

「なんで売らないように言うんだよ！　俺、薬が買えなかったら、仕事できないよ！」

「ダメだって、川野先生に言われたでしょ。それに、薬をやめなきゃ、いつまでたっても借金が減らないじゃない。わたしだって、もうお金貸せないよ」

顔を見れば、「お金を貸してほしい」が始まる春也にはうんざりしていて、わたしも厳

しい言葉で返すしかなかった。

「わかってるよ！　ちゃんと返すって言ってるだろ！　働いて返すよ。ちゃんと、働いて返すから、薬を買えなくしないでくれよ」

初めのうちは怒り口調だった春也だが、最後には嘆願するように言ってきたので、わたしもそれ以上責められずにいた。


春也が心療内科で処方された薬の他に、何か薬局で買って飲んでいるというのは、ここへ来て間もなく気づいてはいた。しかし、疲れたときに栄養ドリンクを買って飲む、なんてことは自分でもよくあることで、それが害のあるものだなどと考えも及ばなかったし、その頃は市販薬による「薬物依存」という概念すらなかったのだから仕方がない。

一度、「何買って飲んでるの？」と、春也に軽く聞いたことがあったが、

「俺、抗不安剤飲んでるだろ。だから、いつも寝てしまうし、精力出なくって、咳止め薬飲んでるんだ。この中の成分が効くんだよ」と、悪気もなく答えていた。

当初は「そうなんだ」と、まさか大量に常飲しているとは知らずに聞き流していたところはある。百万円以上にもなる借金の原因が「咳止め薬」だなんて、普通には考えられな

いことだが、春也のクレジットの明細を見て、とんでもないことが起きていることを目の当たりにした。しかも、それが自分の身に降りかかってきたのだから、なんとかしないわけにはいかなかった。

クレジットで買っている薬の支払いだけではない。家にいた時に、お金を借りたと思われる数社のカードローンの返済もあり、一年を過ぎたあたりからは、「働いて返すからお金貸して」が最低月二回はあるようになった。そのたびに、「十万なんだけど」、「十五万なんだけど」と要求金額が次第に増していく。それまでにも相当の返済額は要求されていたのだろうが、わたしへの要求が多額になる前は、どうやら親にも半分負担させていたようだ。

その言い訳も「車を買ったらお金がなくなった」「依和に結婚指輪を買ってやりたいので」などと、まったくの大嘘をつき続けていたのだ。車はわたしが買ってやったものだったし、指輪も義母の波子からもらった商品券で購入したものだ。結婚指輪を商品券で買う男が世の中にいるのだろうかと、店員も少し苦笑気味に対応していたのを覚えている。春也は男としての情けなさとか恥ずかしさなど微塵も感じないようだった。

普通の状態なら、春也は結構プライドだけは高い人間だ。

「奥さんに養われている」とか、「ひも生活をしている」とか、人に思われるのをひどく嫌っていて、外食の時などは、わたしからお金を借りてでもレジでは自分の財布から出すと言って聞かなかったりするのだから。そんな春也を、恥も外聞もない人間にしているのはやはり薬のようだった。何が何でも薬を買うお金が優先で、薬を買うお金を手に入れるためなら、親にだって嘘もつくし、世間にどう思われようが一向にかまわない人間になってしまえるようだった。

実際、働いて得てきたお金は、たいてい一万か二万程度だが、その日は働いてきた給料を全部妻に手渡す夫のように振る舞って、約束をちゃんと守っているかのようにお金をわたしに返してはいた。だが、返した次の日には、また「貸して」が始まり、「働いて返すから」となるのである。

そんな日々をどれだけくり返しただろうか。親にもつく嘘が尽きてしまい、仕送りも少なくなってしまったあたりから、わたしへの要求額が増していったのである。それでも、「もう少しで返し終わるんだ」「あと少しだけ」そういう春也の言葉を信じて、わたしはお金を貸し続けていた。

十万円以上の要求になってからは、わたしの給料だけでは暮らせなくなり、貯金を崩しながらの生活になっていった。それでも借金の返済はいつになっても終わらず、春也のお金の要求は止まることがなかった。

借金の返済をしなければならない。そのためには働かなければならない。働くためには薬を飲まなければならない。飲む薬を買うためには借金をしなければならない……といった具合に、負のループになってしまっていると感じたわたしは、元凶になっている借金を全額返済してしまえば、春也は薬をやめるのではないか、という考えに辿り着いた。

そこで、わたしは意を決し、二つの借金元を訪ねた。一つめの金融業者では六十万近い借金額を全額返済し、今後わたしの許可なく春也が借り入れをしないよう、誓約書を用意してもらった。一件、落着。

二つめの金融業者の対応はあまり良くなかった。古びた薄暗いビルの小さなスペースの中にあり、雰囲気が良くなかったこともあるが、十万弱の借金を全額返済しても、今後春也がまた借り入れをしないように対応することはできない、と言われ、嫌な印象しか残らなかった。その後、当時の金融業者の利率は違法だと大きなニュースになり、今は法外な金利で営業するところはなくなったのかもしれないが、それでも金融業者のＣＭを見るたび、今でもいい気はしない。春也も過払い金の請求ができることにはなったが、返済したのはわたしでも、請求額は春也の口座に入ってしまうわけだから、わたしには何も返ってくることはなかった。

もっとも、その際、春也は「債務整理」を弁護士に依頼し、その時は任意整理という方法を採ったようで、過払い金は整理費用に使うということを春也から聞いてはいた。

貯金を崩しての全額返済だったから、わたしも痛手を負ったが、二件を片付けたところで、これで春也からの毎月十万円以上のお金の要求がなくなり、楽になるだろうと考えていた。春也が薬を買って飲みながら仕事をする理由もなくなり、自然に薬をやめてくれるのではないかと思っていた。

しかし、その考えは甘かった。「薬物依存」はそんなに簡単に治まるものではなかった。一遍に十万のような大金を要求されることはなくなったが、債務整理によってカードが何年か作れなくなり、今度は「仕事終わったら返すから」と言っては、二、三千円くらいずつ、仕事へ行くときはほぼ毎回借りていくようになった。本人は仕事で出るゴミ処理代やらガソリン代だと言い張ったが、それは仕事の前に必ず飲んでいく咳止め薬の代金だった。その時にやっと気づくのだが、春也の問題は借金ではなく、薬だったのだ。

春也は「薬を飲んでも、それで仕事ができていれば問題ないだろ」と言い張ったが、どう見積もっても、春也が働いて稼いでくるお金より、支出のほうが多いのだ。ヘビースモーカーでもあり、タバコ代もバカにならない。

更には「不安障害」のため、心療内科にも通院しているわけで、通常の人間と同じように毎日仕事ができるわけではなく、調子が悪いと何日も寝込み、月に働けている日が何日かある程度なのだ。そんなわけだから、「ちゃんとやれてる」と春也は主張するが、通院している病院代を含め、咳止め薬やタバコ代にかかる支出が収入よりほぼ毎月上回っている。つまりは赤字続きで、それはわたしが毎月補填していることになるのだ。どんなに働いても暮らしが楽にならないほうへと向かっていることは明らかだった。


わたしは次第に苛立ち始めた。

「薬をやめてほしい」

と何度となく春也に言ったが、

「わかってるよ、ちゃんとやめるよ」

答えはいつも同じで、ちゃんとやめると言いながらも、起きると何をおいてもまず薬局に向かう春也に腹が立って仕方がなかった。

「また、薬局行ったでしょ！」

帰ってきた春也を捕まえて厳しい口調で言うと、

「行ってないよ。飲んでないし」

不機嫌に答えるだけだった。

一度、嘘をついている春也を問い詰めようと、車で後をつけた。

案の定、真っすぐに薬局に向かっていて、咳止め薬を買うとすぐに車に戻ってきた。車に乗り込もうとする春也の手から三箱セットの咳止め薬を奪い取り、

「嘘つき！　やっぱり、飲んでるじゃない！」

薬局の駐車場でわたしは春也を怒鳴りつけた。

ばつが悪いと思ったのか、春也はわたしの手を払いのけると、すぐに車に乗っていってしまった。違う薬局を探しに行ったに違いない。

わたしも自分の車に戻って、すぐに後を追いかけたが信号につかまり、春也の車を見失ってしまった。仕方なしに、もう一度、春也がいた薬局に戻り、店長を呼んでもらって、

事情を話し、薬を返品することにした。

春也が薬の依存症であることを打ち明け、「薬を返品したい」というと、店長は領収証がないにもかかわらず、「事情はわかってますので、構わないですよ」、そう言って代金を払い戻してくれた。店長は頻繁に同じ咳止め薬を三本も買いに来る春也のことを、少しおかしいと気づいていたようだ。

「レジは交替なので、午前と午後で違う店員だと気がつかないかもしれませんが、こちらも気をつけて、一本しか売らないようにします」

本数制限をしてくれると約束してくれた。

家に帰ると春也は何事もなかったように、ベッドで横になっていた。落ち着いている様子から見て、他の薬局で同じ薬を買い、飲んだのだろう。そう思うと、仕事もしないで薬局に行って薬を買って飲んでは、布団の中でゴロゴロして過ごしている春也に心底腹が立った。しかし、何回か春也を追いかけ、薬局内で捕まえては怒ってみたものの、何の解決にも至らなかった。

ドラッグストアのチェーン店を交ぜたら、この町に薬局がいったい何軒あるのか、それを毎日のように追いかけ回していてもきりがない。そこで、わたしはタウンページで調べて、家から行ける範囲内の薬局という薬局に片っ端から電話をかけた。そこで、以前店長と話をして行かなくなった薬局以外で、春也が行っていると思われる薬局が五、六軒わかった。

それらの店には、電話で店長と話したり、直接行って事情を聞いてもらったりした。小売店の店主は、その後春也に咳止め薬を売らないと皆約束してくれた。ドラッグストアの店長たちも極力協力してくれるという話にはなったが、大手チェーン店は春也に薬を売らないという対応をとった時、春也が店内で暴れたりしたら他の客に迷惑がかかるので、店内でのトラブルを避けるために、一本は売らざるを得ないという話だった。更にいえば、店員も薬剤師も交替で店に出るため、それ以上売ってしまう可能性もあった。

それでも、今まで毎日三本ずつ買って飲んでいたのを考えると、一日一本しか買って飲めなくなったことで、本数を減らすことはできたのだが、それは春也の「薬物依存」を治すための成功策では、けっしてなかった。

その後も、仕事をする、しないに関わらず、春也は一日に一本は咳止め薬を飲み続けていた。

親にお金を送ってもらう思案も尽き、その日の薬代がないと、「仕事の材料を買わなきゃならないんだけど、お金貸して」「携帯代払うんだけど、ちょっと足りなくて」といったふうに、必要なお金に少しずつ上乗せしてわたしから薬代をかすめとるようになった。それでも足りなくなると、今度はわたしの財布からお金を抜き取るようになった。咳止め薬一本は千円程度なので、抜かれたことに気づかないだろうと思っての犯行なのだろうが、物覚えのいいわたしからすると、すぐに財布の残金が違うことに気づいた。

問い詰めると、素直に「ごめん」と謝ってくるのだが、薬を飲んでしまってからの「もう買って飲まないよ」は毎回つく嘘の定番だった。

その頃のわたしは、春也に言わせれば、「いつも怒ってるよね。なんで、そんなに怒るの?」という感じだったらしいが、怒らせることばかりしている春也のせいで、休まることのない日々を過ごしていたんだろうと思う。

結局、春也は薬をやめず、わたしへのお金の要求もやめず、喧嘩ばかりの毎日になっていた。貯金はみるみる減っていき、わたしは「薬物依存症」の春也を抱えての生活に疲れていった。

「薬物依存症」という病は本人を蝕むばかりではない。関わらなければならない家族をも蝕んでいくのだと、自分が体験して初めて知った。

それまでは、有名人が違法薬物の使用で捕まったりするのを他人事として見ていたけれど、春也を抱えてからは他人事ではなくなった。違法か合法かなど、逮捕されるか、されないかだけの違いで、本人や周りの家族を巻き込んで、傷つけていくことに変わりはないではないか、とさえ思った。

「薬物依存」の家族を支えるにも限界がある。このまま、お金を無心し続ける春也と暮らしていたら、家の経済は破綻し、わたしの貯金はなくなる。一文無しになる前に離婚すべきなのではないか、と時々考えるようになっていた。

そんなわたしの心配をよそに、春也は更にわたしを怒らせる行為をしていたことが、この後発覚する。

第三章　傷だらけの日々

インターネットを通じて、今や世界中の誰とでも言葉を交わすことができる時代。交流の場として提供されているSNSも次第に増えていき、そこにはたくさんの人たちが集まっている。

遠く離れた地にいる友人との会話の場に利用している人や、純粋に気の合う友だちを求めている人がいる中、出会い系サイトのような男女の出会いを求めて利用している人もいることは確かだ。中には既婚者でありながら密通相手を求め、現実逃避して異性との交遊を楽しんでいる人間もいる。

蓉子《ようこ》はそういう女だった。

夫も子どももいる身ながら、SNS内で自分の相手をしてくれる男を探していた。胸が大きいのが自慢なのか、乳房を露わにした写真や乳首を摘んで男を誘うような写真を何枚も撮っては、知り合った男にメールで送っていた。

アダルトサイトのように料金がかかるわけではなく、自分の欲求を満たすためだけにやっているのだから、蓉子のような女は男には格好のおかずだろう。勝手に淫らな行為をして見せてくれているわけで、蓉子に対して気がなくても悪い気はしないし、男性ならAVを観るような感覚で興奮してしまうかもしれない。

どうやら、春也もそんな蓉子の虜になっていた。

ここへ来る前、わたしと知り合うずっと前から、蓉子とカフェ内で知り合い、遊んでいたようで、それがわたしと籍を入れた後も続いていたのだ。


ある晩、夜中にふと目が覚めた。

横を見ると、無防備にも春也が携帯のメール画面を開いたまま寝ていたので、ふとその画面を覗いてしまった。瞬間、身震いした。

〈蓉子さん、おっぱい、ちょうだい。愛してるよ♡　蓉子だけだよ♡〉

（何、これ！）

そんな恥ずかしい真似はできないと、硬派な態度でわたしへのメールにはハート文字など付けてきたことがないくせに、蓉子へのメールの文面にはハートの絵文字が並んでいた。

（蓉子って、誰？）

困惑しながらも、蓉子という女はどういう存在なのか、いつからこんなことをしているのか気になった。盗み見は悪いとも思ったが、

（開けたままにしてる春也が悪いんだからね！）

春也が熟睡しているのを確かめると、わたしは過去の蓉子とのメールのやり取りを開けてみた。すると、

〈春ちゃん♡　春ちゃん♡　わたしの中に来て～♡〉

蓉子は、はだけた胸の写真と一緒に誘いのメールを送っていた。

〈蓉子さん、いくよ～♡　好きだよ♡　愛してるよ♡〉

それに対する返信にもハートの文字が躍る、躍る、躍る!!

目も当てられないようなセリフで、夜な夜な蓉子との仮想逢瀬を楽しんでいたというのか。硬派気取りが、呆れて開いた口が塞がらなかった。

春也は昼間寝ているせいで、夜眠れずに起きていることが多い。わたしが仕事で疲れてぐっすり眠り込んでいる間に、こんなことをしていたのかと思うと、急に怒りが込み上げてきて、春也を叩き起こした。

「これは何？　この女は誰？　なんでこんなことしてるの？」

わたしは矢継ぎ早に春也を責め立てた。

「メールにハートなんか付ける男はどうか」とか、「自分の顔を動物にしているやつは嫌いだ」とか、批判ばかりしているくせに、春也自身がその見本ではないか。この女とやり

取りしているメールはハートだらけ、自分たちの顔に猫耳をつけた写真を並べて〈恋猫だね〉とか、馬鹿げた会話をしている春也には腹立たしい思いしかなかった。

　わたしがカンカンに怒っていると、春也は困ったように、

「ごめん。この人、旦那と上手くいってないらしくて、寂しいっていうんだよ。だから相手してやってただけだよ。俺がいなくなったら死んじゃうって言うし。こんなのただの遊びだよ」

　そんな言い訳をしてきた。

「依和が嫌だって言うんなら、やめるよ。もうやらないよ」

　しかし、それはその場凌ぎの言い逃れだった。

　その後も、蓉子とのやり取りは続いていた。わたしが仕事に出かけた後、わたしが寝ている間、とにかく隙を見ては蓉子といやらしい会話をメールや電話で続けていたのだ。

「働いて返す」と言ってはお金を持っていき、稼いできたお金は「携帯の支払いや材料費に必要だ」と言っては返さない。借金がなくなったとはいえ、結局生活費を一円も入れないどころか、確実に春也に貸した金額が膨らんでいるというのに、薬もやめず、わたしの目を盗んでは女と遊んでいるなんて、春也には人としての心がないのか、悪いとすら感じ

ないのか、わたしは怒りで気が変になりそうな思いだった。

「もうやめて！　嫌だって言ってるでしょ！　やめないなら、弁護士に訴えて慰謝料もらうから！」

そんなわたしの訴えにも、

「俺お金ないし、慰謝料なんか取れないよ」

反省する気もないような返事しかしなかった。

「かわいそうだから相手してやってる」なんていうのは口実で、春也のほうがどうやら夢中になっているようだった。実際、わたしに知られたことで、蓉子のために、携帯の契約をもう一つ別のメールアドレスがもてるプランに変えようとしていたのだ。

「蓉子」という毒婦教祖の宗教に、春也はすっかりはまってしまっていて、いくら「やめてくれ」と言っても、「やってないよ」というだけで、一向にわたしの頼みに応えようとはしなかった。

実際に会っているわけではなかったが、恥部の写真を見せ合ったり、メールや電話で性的行為を遊戯するのは浮気ではないのか。ビデオを見ているのとは違い、相手をしている女がいるというだけで気分が悪い。春也があまりにも言うことを聞いてくれないので、わたしはついに、その蓉子という女に電話をした。

「子どものいる身で、自分の裸の写真なんか送って、恥ずかしくないんですか？」

突然のわたしからの電話に、蓉子は戸惑いながらも、

「それって、わたしが騙されていたってことですか？」

まるで自分がさも被害者のように言い返した。

「独身だって……。結婚したなんて聞いてないです。騙されてたんですか」

騙す、騙されるの問題じゃない。たとえ、春也が独身だったとしても、蓉子自身が既婚者なのだから、旦那以外の男に裸の写真を送るという行為がおかしいだろう。

なのに、蓉子はいじめられた子どものように、震えた声で言う。

「わたし……騙されてたってことですよね……」

どう考えても非道な行為をしているのは蓉子のほうなのに、これじゃ、まるでこっちがいじめの加害者みたいじゃないか。今にも泣きだしそうな蓉子の声をそれ以上聞きたくなくて、

「もうやめてください！」

それだけ言って、わたしは電話を切った。

さすがにこれで、春也も蓉子とのくだらない遊びはやめるだろうと思っていた。蓉子に言うだけ言ってすっきりしたし、その後は追及しないでいたのだが、今度はとんでもないことを春也が始めてしまった。

蓉子と遊べなくなったわたしへの腹いせなのか、ありとあらゆる出会い系アプリを携帯に入れ、遊んでくれる女を探しまくっていたのだ。中には、出会える女の子を永久に紹介してもらえるコースがあって、春也はそれに二万円も払って入会していた。すべては後日請求書を発見してわかったことだが、わたしが怒り心頭に発したのは言うまでもない。

わたしといういい金づるの上に、すっかり胡坐をかいてしまったのか、春也の態度が次第に横柄になっていく。薬はやめない、お金の無心もやめない、女遊びもやめない。

ついにわたしは、春也に「出てって！」という言葉を浴びせるようになった。

言われると春也はぷいっと家を出ていくが、「お前のせいだ」と言わんばかりに、その足で薬局に向かい、薬を買って飲み、すぐに帰ってきて布団に潜り込んだ。布団を剥ぎ取ろうとしても、力では男の春也にかなうわけがない。しつこく「出ていって」というと、わたしは春也に思いっきり突き飛ばされた。

そんなことが何度もくり返された。

聞く耳持たずの春也に、わたしはひどく憔悴していた。怒りと悲しみと苦しみと、そんなごちゃ混ぜになった感情に押し潰され、心が破裂しそうだった。

いや、すでに音もなく破裂していたのかもしれない。それから、わたしの身体のあちこちで悲鳴が上がり始めたのだから。

こうして、耳に異変が起きたのである。

＊　＊　＊

足は完治したが、突発性難聴は治らなかった。

数週間薬による治療を行ったが、対処が遅かったせいで聴力は戻らなかった。

それでもまだ可能性はあるかもしれないと、医師が大きな病院の受診を勧めてくれて、紹介状を書いてくれた。そこは市内で最も大きな総合病院だったが、診断結果は思わしくなく、聴力が戻るかどうかはわからないが、もし試してみたいならば、と入院治療を勧められた。

それには困った。春也が「入院して治療しなよ。俺がその間稼ぐから」なんていうような人間なら、それはもう入院してでも治したい。けれど、自分の薬が第一で、人のことを考える余裕もない春也がそんなことを言うはずはない。それこそ、真夏に雪が降るか、地球がひっくり返るほどあり得ないことだった。

結局、入院費用を負担するのは自分だ。それだけならまだしも、仕事ができず、収入がなくなっても、入院治療中のわたしの枕元に春也が「お金貸して」と言ってくるのは目に見えていた。それほどまでに春也の頭の中は、「薬を買って飲む」ことでいっぱいなのだ。薬を買うお金を手に入れることしか頭にはないのだから、相手が年老いた親であれ、病を患う伴侶であれ、情け容赦などない。「薬物依存症」にとりつかれた脳は、春也を闇金の取り立て屋のような人格にしてしまうのだ。

容易に想像できたので、わたしは入院治療を断った。

仕方がない。カードローンの返済額も含め、わたしから借りている百万近いお金を、今後春也が返してくれる見込みなどないし、これ以上貯金を削ってしまっては本当に日々の生活すらできなくなってしまうだろうから。

その後も薬による治療だけは続けていたが、その年の三月十一日、東日本大震災が起きた。

わたしの住む地域の被害は甚大で、ライフラインも止まった。物資がほとんど届かず、多くの店がシャッターを下ろしていた。ガソリンも入ってこない日が一か月近く続き、残された燃料を大事に使うしかなかった状況で、車での移動も制限しなければならなかった。病院も入院患者への対応に追われ、しばらくは外来が受け付けられないような状態だった。

誰もが生活を守るのに必死で、わたしも自分の治療どころではなかった。家族のための食料や日用品を求めて、わずかに開いていたスーパーに三時間以上並ばなければならない日々が何日も続いた。そんな状況だったから、左耳の聴力はすでに戻らないものと覚悟していたし、わたしは治療の継続を断念した。

そんな大変な中でも、春也はあまり変わらなかった。開いている薬局があれば、薬を買って飲んでいたし、飲まない日は一日寝ているだけの日々だった。スタンドが開いていないので、ガソリンを入れることもできず、なるべく買い物も自転車で行くようにしていたので、少しでも春也に荷物を持って手伝ってほしいと思ったが、頼むのを思いとどまった。寝ているのを起こせば、薬局に薬を買いに行くのはわかっていたし、手伝い賃と称して薬を買うためのお金を要求されるのが嫌だったので、薬局が開いている時間にできるだけ春也を起こしたくなかった。

一人で荷物を自転車に乗せ、大量に買った物が荷台から落ちないようにと、自転車を手で押して歩いて帰る日もあった。そんな苦労も知らずに、春也は仕事ができない状況であるのをいいことに、毎日寝ていた。


耳が不自由になってからは、あまりにもつらくなって、義母の波子に時々電話をするようになっていた。波子はいつも「春也がひどいことばかりしてごめんね」と涙ながらに話を聞いてくれて、時にはわたしを不憫に思い、洋服を送ってくれたり、手紙の中にこっそりとお金を入れてくれることもあった。

しかし、そんな波子の優しい心遣いも長くは続かなかった。

片耳の聴力を失ってから、いろいろと困難が生じていた。携帯の着信音に気づかない(仕事中はバイブにしているのでなおさら気づかないのだが)ことが多く、迷惑をかけることがしばしばあった。そこで、スマホと紐付けて、腕への振動で着信に気づくような設定ができる腕時計を購入した。自分たちの生活ぶりを考えるとけっして安いものではなかったが、後から春也に僻まれるのも嫌で、更には春也がこれで変わってくれるかもしれないという思いもあって、春也にも誕生日プレゼントとして、いちばん安いものを買った。

それを春也が「かみさんに誕生日プレゼントもらいました！」などと、ＳＮＳにアップしたものだから、発見した山辺家内に激震が走ったらしい。

詳細はわからないが、電話してきた波子の話では、山辺家のわたしに対する感情が非常に悪くなったとのことだ。

「お袋が依和さんにお金を送ったりするから、春也に贅沢させることになるんだ！」

それまで好意的に接してくれていた義兄が、波子にそう不機嫌に言ったそうで、それ以後、波子のわたしへの手紙や送る荷物は義兄に点検されることになり、一切お金を送ることはできなくなってしまった。

波子は申し訳なさそうに、電話でわたしに謝ったが、仕方がない。片耳が聞こえなくて不自由しているわたしにとっては役に立つものであっても、特に必要でない春也には贅沢品だったかもしれない。かわいそうであるはずの弟が、自分よりいい暮らしをする身分になっているのは、兄として面白くなかったに違いない。そうさせているわたしの存在が気に入らなくなり、それから義兄はわたしに冷たくなった。

春也はといえば、時計を買ってやったことで、少しは自分の行いを反省し、薬をやめる努力もしてくれるかと期待したが、それからも何ら変わることはなかった。わたしは「これだけしてやってるのに」という思いで、浪費を続ける春也にイライラが募るばかりだった。

お金を送ることはできなくなったが、「いつでも話は聞くからね」という波子の言葉に甘えて、わたしは嫌な思いをするたびに波子に電話をしては、愚痴を聞いてもらっていた。けれど、自分の息子の悪行を聞いて、いい思いをする母親なんていない。電話のたびに波子をも悲しい気持ちにさせただけで、何の解決にもならなかった。

そんな日々が続いていたある日、波子が悲しむのを見るに見かねたのか、ようやく義父の康夫が重い腰を上げた。それまで、面倒ごとを嫌うあまり、不肖の息子にも無関心のようにさえ思えた義父だったが、自分から精神保健福祉センターに電話をして、春也の「薬物依存」について、相談したのだ。

そこで、初めて佐倉さんの存在を知る。佐倉さんは、心の悩み相談担当とでも言ったらいいのか、とてもよく話を聞いてくれて、少しでも解決の糸口になるようなアドバイスをしてくれる人だった。義父も彼女の対応にとても満足し、わたしにも電話して話を聞いてもらうようにと勧めた。

他に相談できる相手もいないし、義父の勧めに従って、わたしも佐倉さんと話してみることにした。佐倉さんは本当にいい人で、わたしの一時間以上もの長い話を苦ともせず聞いてくれて、春也に薬をやめさせるにはどうしたらいいか、一緒に考え、いろいろな提案をしてくれた。義父も同じように佐倉さんの提案を聞いたらしく、都内の「薬物家族教室」に通うことを決意し、紹介された依存症専門のクリニックにも予約を入れた、と連絡が来た。

義父が動き出してくれたことで、わたしはやっと救いの光が射した思いだった。

後日、わたしも含めて、春也と義父と三人でそのクリニックを訪れることになった。その時の「息子をなんとかしよう」という義父の思いは強いものだったと思うし、そこまでしてくれる父親になんとか応えようとする春也の気持ちも本物だったと思うのだが、

「そんな甘い考えで春也が治るはずがない。どうせ失敗に終わるよ」

と、義兄の弘隆だけは冷ややかに波子に言っていたそうだ。

そんな弘隆の嫌味に臆することもなく、義父は熱心に春也の治療計画を立てていた。もちろんわたしも、やっと治療をしようと春也が思ってくれたのだし、これで本当に「薬物

依存症」が治ると信じていた。

そのクリニックでの治療方法は、週三回のプログラムで、アディクション（嗜癖）についての講義や、患者同士の談話会などが組まれていた。ミーティングでは他の依存症患者たちの話を聞きながら、どうすれば回復できるかを自分自身で考えていくものだった。依存症治療には特効薬などなく、依存を断って生活していかなければならないという「気づき」に自分自身で到達するのが目標なので、このクリニックに限らず、病院であれ、回復施設であれ、どこもそういったプログラムなのだと思う。

ここでいうアディクションとは、あるものを特別に好む性癖で、アルコールや薬物といった物質への依存だけではなく、行為への依存（ギャンブル、買い物など）、関係への依存（恋愛、共依存など）といったものが含まれる。

初めは頑張れると言っていた春也だったが、市外にあるこのクリニックには入院施設はなく、通いの治療だったため、往復五時間もかけて週三回通うというのはきつかったらしい。治療代を負担してくれる義父が、「薬に使ってしまうかもしれないから、高速代は出せない」という理由で、春也に高速は使わずに通うよう指示したので、従うしかなかった。

更には、春也の通院中、このプログラムに参加していたのは、アルコール依存症の人たちがほとんどで、薬物依存症の人が自分の他にいなかったというのも、気持ちを萎えさせてしまったようだ。

一週目で、「面白くない」「疲れる」と感じてしまい、結局、嫌々ながら薬を飲んで通院するようになってしまった。二週目には義父が送ってくるお金ではガソリン代が足りないと言い出し、「病院に行くんだからお金を出してくれよ」と、お金の無心が始まった。

それでも、なんとか通ってくれれば道は開けるものと、わたしは春也にお金を渡し続けていたが、「治療してやってる」という態度に変わってしまった時点で、すでに治療はうまくいってはいなかったのだ。義父は、自分が送った通院費で春也が薬を買って飲んでしまっていることを知ると、「もうお金は出せない」となり、治療は失敗に終わってしまった。

義兄は「それ見たことか」と父親の失敗を嘲ったに違いない。


結果は振り出しに戻っただけだった。

春也は薬を断つどころか、クリニックに行く日は行き帰りに薬を飲み、仕事に行く時も薬を飲んでいたのだから、むしろ以前より飲む薬の量が増えてしまっていたかもしれない。

二十年以上もの間、目を背けてきた息子の病気にやっと向き合い、自らの手で治療の道筋をつけられたと思っていた義父にとって、この失敗はかなりこたえたようだ。春也には裏切られ、長男には揶揄されるという結末に終わったのだから、父親の威厳を踏みにじられ、ショックも大きかったことだろう。

それ以後、黙り込んでしまい、家族教室に行くのもやめてしまった。落胆度合いでいえば、わたしだって同じだ。

義父が協力してくれたことで、今度こそ、春也が本気で薬を断ってくれると願っていたし、子どもの頃自分に関心を示してくれなかったと、父親の態度をひどく嘆いていた春也だったので、父親が自分のために動いてくれたことで改心するだろうと思っていたのだから。

これでもダメなのか。わたしは途方に暮れるしかなかった。

春也は「自分でちゃんと治すから」と言い張ったが、「仕事に必要だ」と決まり文句をくり返し、わたしからお金を持っていっては薬を買って飲んでいた。以前にも増して、仕事をして返すかと思えば、「携帯の支払いがあるから」「仕事の材料買わないといけないから」、そんな理由で、貸したお金をきちんと返すことはなくなり、わたしの貯金はみるみる減っていった。

山辺家の人たちが春也とわたしの存在を疎ましく思うようになり、波子ともあまり話せなくなってからは、春也の「お金貸して」が始まるたびに言い争いになっても、力で勝てないわたしは春也の不当なお金の要求に、一人で耐えるしかなかった。

佐倉さんに案内された「薬物家族教室」が始まるのをなんとか支えに頑張ってはいたが、どこへも吐き出せなくなったストレスで、わたしの精神はひどく不安定になっていった。

そうしていると、またしてもわたしの身体に異変が起こった。家族教室がもうすぐ始まるという矢先だった。声が出なくなったのだ。

声を出そうとすると、喉が苦しくて締め付けられるようだった。突発性難聴の時のように、声が戻らなくなっては大変と、今度はすぐに耳鼻咽喉科へ行った。

「特に見た目に異常はないようですがね」

検査の結果、喉頭がんのような重篤な病気でないことはわかった。喉が少し腫れている程度で、医師の診断では声が出ない原因はよくわからない感じだった。

またただ。ストレスによる一時的なものではないかとの診断だったが、声が戻るかどうかはわからなかった。

それでも仕事は休めなかったから、担当の子どもには「声が出ない」ことを紙に書いて説明し、板書しながらの会話で、アドバイスを続けていた。

そんな苦しい状態でも春也の「お金貸して」はやまないのだから、電話して聞いてもらいたいにも声が出ず、わたしは波子に手紙を書いた。

すると、驚いたことに、数日後、仕事から帰ると義父母が家に来ていた。

「依和さんがね、声が出ないっていうから」

申し訳なさそうに波子が言った。どうやら、様子を見てこいということなのか、弘隆の車に乗せられて、家まで連れてこられたらしい。

（どういうこと？　わたしが嘘をついているかどうか確かめてこいってこと？）

わたしに対して良い感情を抱いていない義兄のすることだけに、わたしも悪いほうに考えが行ってしまった。

声が出ない状態で仕事をするだけでもつらいのに、義父母がわざわざ東京から来たとなると、応対しなくてはならない。休む場所も用意しなくてはならないし、食事も用意しなくてはならない。

困惑しているわたしの気持ちに気づいたのか、波子は、

「依和さん、何もしなくていいからね。気を使わないでね」

と言ってくれた。そして、せっかく来たからには何か成果を上げてこいとでも義兄に言われていたのか、

「春也にどうしてほしいのか言ってちょうだい」

と言うので、わたしはパソコンで文章を打ち、春也にいくつか聞いてほしいことを箇条書きにして、波子に渡した。

・わたしという存在は今まで何だったのか。どういう気持ちで九年間過ごしてきたのか。
・「薬をやめる」と何度も約束をしておきながら、まったく約束を守れていないことをどう考えているのか。これからも平気で嘘をつき続け、約束を守らずに過ごしていく気なのか。
・借金を払ってやり、車を買ってやり、仕事が入るようにチラシを作ってやったりしたことを単なるわたしのお節介としか思っていないのか。
・生活費を入れなくても九年間ちゃんとわたしが食べ物や飲み物を用意し、光熱費も

その他の費用もすべてわたしが支払い、不自由なく暮らせてきたことをどう思っているのか。

・わたしが「嫌がることをしないで」と何度も頼んだのに、一向に無視して女遊びを続けていることをどう思っているのか。生活費を入れもしないでそういう遊びにお金をつぎ込んでいることをなんとも思っていないのか。

・わたしに対する愛情はなく、自分が楽をして暮らすために、わたしをずっと利用してきたのか。

夫婦というパートナーとして、「一緒に頑張ろう！」とやってきた九年間だったが、春也の思いがもし違っていたのなら、受け止めて身を引く覚悟を決めた質問だった。両親が来ているのだし、春也の選択が「家に帰りたい」「別れたい」だったなら、そのまま両親と一緒に帰ってもらってもいいとさえ思っていた。

次の日、わたしが仕事にいっている間に、波子が春也に全部聞いてくれたのかどうか、そして、春也がどう答えたのかはわからないが、義父は春也に念書を書かせていた。

私、山辺春也は、これから薬を減らしていきます。

それが実現できないようであれば、来年の一月に病院に入り、依存症治療にあたります。

平成〇〇年八月二十七日

日付の最後には、春也の印鑑も押されていた。

義父母としては、春也が家を出てから長男夫婦と同居することになった身で、春也を引き取ることはできない。今の自分たちにできる精いっぱいだったのだろう。

義父母はわたしに、「春也はまだ頑張りたいと言うし、よろしくお願いします」とだけ言って、迎えに来た孫の車に乗って帰っていった。

両親が来たことで、春也も少しは考えを改めてくれたのだろうか。

父親と話し合い、念書にサインした時は春也も本気だったのだと信じたいが、その後父親との約束は守られなかった。この「薬物依存症」という病は、どこまでも春也の脳の働きを狂わせるようだった。

第四章　薬物依存

春也の両親が帰ってから数日後、ついに薬物家族教室が始まった。それまで、電話で何度か話を聞いてもらってはいたが、初めて佐倉さんに会う。同じような悩みをもつ人たちとの集まりも初だ。少しドキドキしながらも、誰かに話を聞いてもらえる場ができ、良い成果が得られることを期待していたのだが、それまでに声は戻らなかった。不本意ながら、最初の教室は声の出ない状態での参加となってしまった。

それでもせっかく得た機会を無駄にはできないし、予定の場所に向かい、不安ながらも表示される矢印に従って辿り着いた会議室の扉を開けた。

まずは「声が出ないのですみません」と書いた紙を見せて挨拶。

自分が「山辺依和」であると紙面で名乗ると、佐倉さんはすぐにすべてを察し、席に案内してくれた。まず初めに、この教室に参加するにあたっての注意事項や、現在の自分の精神状態をチェックするアンケートについての説明があった。

当然ともいえるが、とてもデリケートな問題であるため、参加者は本名ではなく、教室内だけの呼び名を設定し、ここで聞いた他の参加者の内容は絶対に口外しないという約束のもとに、話し合いが進められた。

その日の参加者は自分を入れて三名だった。

思ったよりも少なかったが、わたしとしてはそのことにほっとした。人前で話すのが苦手というのもあって、部屋に入るまではどんな人たちが集まっているのかと不安だったが、少人数が幸いして、静かな雰囲気での話し合いとなり、気持ちが楽になった。更には佐倉さんが思った通りの方で安心した。

第一回目は「『薬物依存症』とは?」という内容で、文字通り、この病気がどういうものなのかをまず知るのが目的だった。

「薬物依存症」は脳の故障による薬物使用のコントロールができなくなる病気、すなわち、頭のブレーキが壊れて、薬物をやめられない状態になっている病気であると説明があった。薬をやめないのは、意志が弱いわけではなく、やめようとすると禁断症状に苦しめられるため、それを治めるためにまた薬を使ってしまう、というくり返しのサイクルから抜け出せなくなっているだけなのだという。

では、どうしたらやめさせられるのか。参加者がもっとも知りたいのはそこなのだが、そう簡単に答えを導き出せるものではないようだ。

この日の教室では、とにかく「病気を知る」「病気に罹ってしまった人がどんな感情に囚われているのかを知る」そして、「家族がどう接すればいいのかを知る」というのが焦点だった。

説明の中で、家族がとる態度として、絶対にやってはいけないこと、というのがいくつか挙げられたが、どれも自分が今までしてきたことばかりだった。つまり、わたしは今まで春也に対して病気を治すどころか、病気を悪化させてしまう、真逆の行動をとり続けていたわけだ。帰り道はひたすら反省しかなかった。

「やめる」「やめる」と言ってはやめない春也を毎日のように叱りつけ、仕事の邪魔をされるのが嫌で要求されるがままにお金を出し、返せないと言われては借金の返済を肩代わりし、薬を買わないように薬局へ行く春也を追いかけまわしている日々だった。それらはすべてタブーとされているものだった。

薬をやめさせようと叱ったり脅したり、誓約書を書かせたり、薬局に頼み込んで薬を売らないように頼んでも、何の効果も得られないということだ。

怒れば不機嫌になり、より薬を求める結果になる。薬を売らないようにと薬店に頼み込めば、わたしの息のかかってない薬局を探し回る。それが隣町であれ、十キロ以上離れた場所であれ、「薬を飲みたい」という欲求が出ると、春也はなりふり構わず、薬局・薬店を探し回る。お金を貸す時に「これ一本で薬をやめます」などと約束をさせたとしても、約束よりも薬を手に入れることが大事で、薬を買うお金を得るためなら、どんな誓約書にもサインするし、どんな嘘だって平気でつけるのだ。それほどまでに春也の脳は「薬物依存症」という魔物に取り憑かれていた。

いつ頃からこんなに咳止め薬を飲むようになっていたのだろうか。

春也の話では、初めは仲間に誘われて飲んだと言っているが、普通に薬局に売られている、病気の時に誰でも処方される薬なので、一度や二度飲んだからといって、常習的にはならないはずだ。川野先生にも相談していたのだから、二十年近くは飲み続けているのではないかと推測する。

それにしても、同居している親が気づかないなんてことがあるのだろうか。

義母の波子は、春也が家を出てから部屋で大量の薬の瓶が見つかって初めて驚いたようにわたしに言ったが、家には春也のカードローンの返済請求書のようなものが何通も届いていたはずだし、不審にさえ思わなかったのだろうか。

春也の父親という人は真面目なのだが、気が弱く問題ごとをひどく嫌う人だ。薬漬けになっている春也に気づかないよう、自分の中でシャットアウトしていたのではないかと思うほど、子どもに無関心だったようだ。

もっと早くに両親が気づいていれば、春也がこんなに重症になることはなかったのに、と思ってしまうのだが、そんなことを今さら言っても仕方がない。


第二回の教室には、薬物依存症回復・治療施設であるダルクから、栗山さんという方が参加してくれた。自身も以前に薬物依存症で身体を壊し、治療回復を余儀なくされたが、なんとか薬を断つことができ、今はダルクで働いているという人だった。

自分自身が経験者だからこそ、施設に入所してくる人の気持ちをよく理解できるのだろう。彼は入所者を「仲間」と呼び、施設にいながらも薬に手を出し続ける者に対しても、責めたり、非難したりしていないことがよくわかった。

その後もずっと教室に足を運んでくれて、個人カウンセリングも快く引き受けてくれ、わたしの話を熱心に聞いてくれた。

「動画を作れたらやめる」、「小説を書き終えたらやめる」「この仕事ができたらやめる」と言ってはお金を要求され、どれも約束は守られず、そのたびに無駄な出費をしてきたわたしの苦労話も、失敗だらけの行動をしてきたわたしの対応の悪さを指摘したりはせず、

「施設にいる仲間も、みんな、そんなもんですよ」

と苦笑しながら、聞いてくれていた。

「どう対応したら『やめよう』という気持ちになるのか」という問いには、

「よくわからないんだよね。何を言われても薬はやめられないし、自分も薬を買うお金欲しさに、自分の物だけじゃなく、人の物まで売るようにまでなってたし」

と、教室で学んでいる対応の仕方が効果的かどうかはよくわからないという答えだった。

「どうして薬をやめられたのか」という問いには、

「懲りたんですよ」

とあっさり答えた。

栗山さんは自身の体験談を記事にしていて、それを読むと心境の変化がわかる。薬を飲まずに笑って生活できている仲間が、うらやましく見えるようになったのだそうだ。

その後、第五回の教室では、栗山さん本人の体験談として、薬を使うようになった経緯や今の施設に辿り着くまでの出来事を語ってくれた。

いちばん心に残っているのは、薬がやめられず、お金がなくなると他人の物まで売り出すようなり、サラ金に手を出して借金取りが家に来るまでになり、「自分をずっとダメな人間だと思い続けていた」というくだりだった。

春也もそうなのだろうか。

人を騙し続け、薬を買うお金を手に入れられると「しめしめ」と思っていて、何も反省していないとばかり思っていたが、違うのだろうか。

その頃から、少しずつ「依存症」に罹ってしまった春也側の気持ちも考えてみるようになった。それまで自分の苦しさばかり訴えていたが、薬に頼ることでしか生きられない自分を、春也も情けないと思っているのかもしれないと。


その年の薬物家族教室の最終回には、県内で活動している「FA（ファミリーズアノニマス）」から何人かの方が来てくれて、「自分自身の回復が大事である」という話をしてくれた。

「ファミリーズアノニマス」とは、家族や友人に依存症の問題をもつ人のための自助グループで、同じような問題を抱え、同じような経験をしてきた人たちにミーティングの場を提供し、家族の心の回復のための手助けをしているグループだ。来てくれた人たちの話はとても興味深いもので、独りで悩まないこと、自助グループにつながっていることが「自分自身の回復」につながると強く訴えていた。結果的に、「家族の回復」が「患者の回復」に向かうこともある、というのは心強かった。

確かに今の自分は救われている。誰にも話せなかった悩みを人に話すことができ、それをちゃんと聞いてくれる人たちがいる。これはわたしにとって、良い成果で、大きな進歩だ。それまでは、いつも春也を追い詰め、約束を守らないことに苛立ち、そうして自分自身も傷ついていたのだなあ、と感じた。

その年の教室は終わってしまい、とても残念な気持ちだったが、「また来年、開催日が決まったら案内状を送りますね」という佐倉さんの言葉に励まされて、元気が出た思いだった。教室がない間、他の家族会に参加することを勧められたが、仕事を休めない環境にある自分にとって、遠出は不可能だった。高齢の父と春也を抱えている以上、自由にならないのは仕方がないことだ。

教室が終了し、現実に引き戻されると、そこには何も変わらない春也がいた。「言い方を変える」とか、「イネイブリング（共依存）を減らす」という対処法を学んだはずではあったが、「仕事に必要だ」と見え透いた嘘をついてはお金を要求し、薬を毎日のように買って飲んでいる春也を見ると、ついやってはいけない行動が出てしまう。拒否も何度か試みたが、しつこく付きまとわれ、仕事中にも携帯を鳴らされる結果になったので、もう抵抗するのが嫌になって、お金を渡してしまっていた。

イネイブリングとは、本人のためのつもりが、結果的に病気や問題の進行を支えてしまう行動のことで、「お金を与える」の他にも、「薬物を隠す、捨てる」「行動を監視する」「叱る、責める」「問題の肩代わりをする」といったようなことが含まれる。それらはみな本人の（気づき）を妨げるもので、病気の回復にはつながらないという話だった。

良くないとわかっていたつもりだが、仕事をするのかとお金を渡しても、「お客さんの都合が悪い」とか、「今日は調子悪い」と言って、薬を飲むだけで、仕事もせず寝てしまうことが続いたり、わたしが仕事に出かけてしまうと、出会い系アプリにお金をつぎ込んで遊んでいたりする春也の態度に我慢できず、怒鳴ってしまうことがたびたびあった。それに対し、春也は逆ギレし、扉を蹴飛ばしたり、わたしの机や椅子など、いろいろな物を壊したりするようになった。

これでは教室で学んだことが何も活かされていない。そう感じたわたしは、春也の軽トラが車検の日、どんなに頼まれてもお金を渡さないことを試みた。言い方も怒るのではなく、「急に言われても用意できないから」という理由を説明した。

結局、その日の車検はキャンセルし、改めて後日に予約を取り直したようだった。その場はやり過ごせたとはいえ、すでに資金は切れている状態で、後日またわたしにお金を出すよう無理強いしてくるのかと思ったが、してこなかった。

なのに、涼しい顔で車検を済ませてきた。いったいどうやってお金を用意したのか、どんなカラクリをしたのかと不思議に思っていたが、お金の出どころは消費者金融の無人契約機だった。債務整理をした身で借り入れなどできるはずがないと自分でも思っていたのだろうが、すでに五年がたっていて、審査の甘い無人機で簡単にお金を借りることができてしまったようだ。

しかし、そうなると、今度は再び、カードローンに手を出した。前に借り入れしていた会社ではないところからお金を借りて、返済ができなくなるとまた別の会社から借り入れて、といった具合に次々に借金を重ねていった。後に、二度目の自己破産をするまでに七社ほど、計百四十万円もの借金をしてしまっていた。そうとは知らないわたしは、春也があまりお金の要求をしてこなくなったことに少し安堵していた。「自分でやりくりできている」という春也の言葉を信じるしかなかったが、薬の量はまったく減ってはいなかった。

翌年、再び、薬物家族教室が始まった。

佐倉さんは人事異動で担当でなくなり、教室には参加していなかったが、栗山さんがほぼ毎回来てくれて、わたしの話を聞いてくれた。

栗山さんは、教室に一人か二人、「仲間」を連れてくるようになった。薬物依存の経験者で、ダルクで回復した人たちだ。彼らはみな穏やかに自分の話をし、わたしの話も真剣に聞いてくれた。

こんな穏やかな人たちがどうして薬に手を出し、依存症になってしまったのか、不思議な思いだった。ダルクで回復し、今は薬を飲まずに生活できるようになったからなのだろうか。そんなことを思いながら、体験談に聞き入っていた。

本当は薬などやるような人たちではなかったのかもしれない。一つだけ気になったのは、薬に依存する過程に、家庭環境が影響していることだった。親の圧力、過干渉、放任、両親の不仲、そういった背景がそれぞれの体験の中にあった。

凶悪事件が起きると、よく犯人の人物像が語られるが、家庭の問題を取り上げられることが多い。「親はなくとも子は育つ」なんて言葉があるが、それは「体」のことであって、けっして「心」は育たない。「心」が正常に育つためには、親の存在、家庭環境はとても大事だとわたしは思っている。

春也の場合は、親の無関心が要因だと感じる。

足が速くて運動会のリレー選手だった。絵が上手くて賞をとった。

そんなことを時々自慢げに言う春也だが、両親は運動会を見に来てくれたことがないという。賞をとっても、その賞状さえ飾ってもらえなかったという。

どこまで本当かはわからないが、子ども時分、春也は親に不満をもっていたことは確かだ。

今となっては原因などわからないというが、自分に関心をもってほしい、そういう気持ちの表れだったのか、春也は中二の時に不良グループに入ってしまう。勉強そっちのけで、悪い仲間と勢力争いの喧嘩だの遊びだのに明け暮れていたのだから、成績が落ちるのは当然だ。さすがに無関心ではいられなくなった親が、春也を不良仲間から引き離すために中三になって転校させたが、勉強の遅れは取り戻せず、春也自身としては不本意な高校への進学しかできなかった。

自分は頭が良くて、ちゃんと勉強していればもっと上の学校へ行けていたんだ、という思いで高校に通っていたのだから、馴染めるはずがない。

「みんなレベルが低いっていうかさ、女とやることしか考えてないやつらばっかでさ」などと、わたしに話してくるくらいなので、当然仲の良い友だちもできなかったのだろう。先生に対しても逆らったり、厄介がられる行動ばかりしていたようだ。周りの生徒たちからしたら、生意気に見えたに違いない。休んでいる時に机にゴミを入れられるという、いじめのようなこともあったらしい。高校に馴染めないまま登校拒否になり、今でいう「ひきこもり」の高校生になってしまったというのだ。

困り果てた両親が先生に相談し、春也を施設に入れることになったらしいが、そこでの生活が春也の精神を病ませるほど悲惨なものだったらしく、春也は「絶対、小説に書いてやる！」と、思い出すたびに言っている。

一部聞いた話では、精神病棟に入れられていたという。数日間縛り付けられ、暴れないように強い薬を飲まされていて、その間、動けなかった春也は精神疾患者からの性被害も受けたらしい。運ばれてくる食事は、世話をするスタッフに「えさ」と呼ばれていて、もはや人間扱いではなかったという。

そんなつらい生活の中で、春也は精神を病んでしまい、今も抗不安剤、抗うつ剤を切らさず飲んでいるのである。

脳検査の結果、脳に異常は見られず、しばらくして一般病棟に移されたが、すでに病んでしまった心は正常には戻らなかった。

咳止め薬を飲み始めるのはもう少し後で、中学時代の不良仲間と再会してからのようだった。

高校は中退してしまったが、家に帰れてからは大検の勉強をし、高校卒業の資格を得て、大学へ進学することができた。二部で、バイトをしながらの通学ではあったが、ここでも、何年も出遅れた入学であったし、友だちができなかったようだ。

その結果、また、中学時代の悪い仲間とつるむようになってしまった。そうなると、またしても勉強はそっちのけ、遊ぶことが楽しくなってしまい、大学の授業料を使い込んでしまって、退学させられたという話だった。

大学へ行かなくなってしまってからは、もっぱら中学の不良仲間と遊ぶことが多くなり、そこで薬を覚えたらしい。どんな薬をやったのかはわからないが、覚せい剤だけはやらなかったようだ。悲しむ母親の顔が浮かんで、どうしても手を出せなかったという。仲間の中には、覚せい剤に手を出してしまった者もいて、そうなるとついていけなくなった春也はその仲間と距離を置くようになったそうだ。その者は、薬を求めて海外に行ったとか、風の噂に聞くくらいで、付き合いがなくなってからの消息は春也も知らないとのことだ。

そんな春也の現在までの歴史を、教室に来てくれた体験者たちの話に重ね合わせながら聞いていた。

春也の子ども時分の親子関係については、すべてが春也からの聞き伝えであって、わたしは詳しく知らない。春也の主観が入っているから、それが真実かどうかはわからないが、他の人たちの話には必ずといっていいほど親の話が出てくる。自分の思いをわかってもらえない寂しさやつらさから、反抗的になっていたり、悪いことに手を染めてしまったり、薬に手を出してしまったのも、そういった瞬間的な感情でのことらしい。

悪い行動は罰せられて終わりだが、薬は終わることを知らない。初めは軽い気持ちで、「一回くらいで依存症になったりしない」「自分はコントロールできているから大丈夫」そんな気持ちで使用していたつもりが、気づくとどうにもならない深刻な依存症に陥っていた、というのが落ちだった。

けれど、体験談を語る彼らには、今ここで話せるようになった共通の分岐点がある。それは「気づき」だ。

「自分は病気だ」「自分の力だけではどうにもならない」

自らでそう気づいた時、初めて治療につながる道が開けたと語ってくれた。それは、誰かに言われてではなく、何よりも自分自身で気づかなければならないことなのだ。

では、家族に何ができるのか。家族教室で何度も話し合った内容だ。

以前にも書いているように、この教室に参加するまでは、わたしはやってはいけないとされる行動ばかりをくり返してきた。

まずは言葉の選択。「どうしてやめないの！」「もう飲まないって約束破ったよね！」と、叱りつけてばかりいたが、それは本人にとっては嫌な思いであり、気分を良くするためにまた薬を飲むという悪循環にさせていたという。

「身体が心配」とか、「無理しないでね」といった、いたわりの言葉に変えたほうがいい、ようだ。

言葉はわかっていても難しく、わたしには最後まで残る課題だった。

そして、行動。薬局を先回りして売らないように頼んだり、後をつけて店に入るところを捕まえてみたり、店員に知られて恥ずかしい思いをすれば買いに行くのをやめるかとも思ったが、追えば追うほど相手は逃げるもので、わたしに見つからない新しい薬局・薬店を探し出すようになり、きりがなかった。

本人は「薬を飲みたい」一心になっているのだから、まったく無意味な行動だと悟った。極めつけは、イネイブリング。これは本人の尻拭いである。

支払いの請求が来るたびにお金を要求されるのが嫌で、カードローン（借金）の返済をしてしまったが、借金がなくなって、感謝するどころか、「また薬が買える」という思考にしかつながらなかった。自分のことは自分で責任をとらせなければ、到底「気づき」には辿り着きはしないのだ。

栗山さんをはじめとし、ダルクから来てくれた人たちが「気づき」に辿り着いたのは、「底つき」だったという。誰にも頼れず、お金を手に入れる方法がなくなって、薬が買えない状況に追い込まれたり、身体を壊して生活できなくなった時に辿り着くのが「底つき」らしい。

家族が手助けしているうちは、この「底つき」にはなかなか辿り着きにくいようだ。いろいろ方法はあるが、家から出して自活させるのがいちばん良いのではないかと助言された。そのための施設もいくつか紹介された。ダルクもその一つであり、実体験で成功した教室参加者の話を参考に、栗山さんから名刺をもらい、いざという時のために備えた。

教室が終わって、帰る途中で一緒になった栗山さんは、

「依和さんは、もう十分頑張ったと思うよ。たった一度きりの人生なんだし、自分のために生きてもいいいんじゃないかな」

そう言ってくれた。

それはけっして言葉にしては言わなかったが、離婚を意味しているのだとわたしにはわかった。栗山さんの優しい気遣いだったと思う。

「そうだよね」

相槌を打ってはいたが、踏み出せない自分がいることもわかっていた。

「情が深い」とか、「面倒見がいい」とか、耳触りのいい言葉に置き換えてしまえば弱者を救うヒーローみたいだが、本当は「弱さ」のせいなのである。

「今度薬をやめるという約束を破ったら」「今度出会い系アプリにお金を入れたら」「今度

借りたお金を返さなかったら」、今度こそ、今度こそ、と事あるごとに心に言い聞かせてはいるのだが、実行できていない。いつかはそうしなければならないだろうと思いながら、先送りにしているのである。

その年の三回目の家族教室をわたしは欠席した。「皆勤賞じゃないですか」と栗山さんに言われたように、前年度からそれまで一度も休まずに出席していたのだが、どうしても休まなければならない事態に陥っていた。春也の暴力によって、普通に歩けない状態になっていたのだ。

春也は、「薬を減らせなかったら、病院に入る」と念書まで書いた父親との約束も破り、一月から半年以上が過ぎても病院での治療を拒否していた。

「依和からお金を借りずに飲んでるんだから、文句ないだろ」と、消費者金融から借り入れたお金で毎日のように薬を二、三本飲んでいる春也の態度への不満は慢性的に溜まっていた。

何がきっかけだったかよく思い出せないのだが、その日もおそらく薬局に行って薬を買って飲み、仕事にも行かずに寝ていたものだから、頭にきて、

「薬だけ飲んで仕事しないなら、出ていって」

そう言って、布団を剥いだ瞬間だった。

春也がグーの拳でわたしの太腿の部分を殴ったのだ。大の男の、しかも子どもの頃空手を習っていたという春也の、思いっきりのパンチを食らったのだから、ひとたまりもない。わたしの太腿はみるみるうちに内出血を起こし、痛くてまともに歩けなくなった。すぐに、医者に行ったが、夫の暴力だとは言えず、「野球で投げたボールが当たってしまって」とごまかした。

診てくれた医者が、

「投げたボール？　こんなにひどくなるかな？」

と不思議がって首を傾げるので、

「あ、いえ、打ったボールが当たってしまって」

と、言い直すほどひどい怪我だったのだ。

治療を受けながら、片足で杖を突き、仕事へは行っていたが、家族教室への参加は見合わせた。駐車場からかなりの距離を歩かなければならなかったし、終わってからも仕事があったので、亀のような歩みで遅刻してはまずいとの判断だ。

栗山さんに欠席のメッセージだけ送って、その回の資料を取っておいてくれるように頼んだ。

「悪かった」と春也は謝ったが、わたしがそんな状態でも、薬をやめることはなく、相変わらず寝ていることが多かった。

杖をつきながらの生活でつらいと、義母に手紙でもらしたが、二度と春也の両親が家に来ることはなかった。


この年の家族教室が終わってからも、やはり春也の様子は変わらなかった。

教室で、こんな春也に「底つき」が来るのだろうか、「想像できない」とわたしが嘆いていると、栗山さんやダルクから来た仲間が、「きっと、来ますよ」、「なんなら逆に『底上げ』っていう方法もありますよ。薬を奨励して身体を壊させてしまうっていうのがね」と言って、励ましてくれた言葉だけが支えだった。

その頃には、義父母も義兄も、春也の様子を訴えるわたしを鬱陶しく思うだけで、何もしてくれなくなっていた。依存症回復施設なら、こんな地方より東京のほうが多くあるのではないかと思って、一度、義父に「春也の面倒を家で見てもらえませんか」と言ったことがあるが、義父は「とんでもない！」と即座に答えただけだった。義兄も、「帰ってきても、春也を家には入れない」と義母に言っていたらしく、それほどまでに、山辺家では春也は厄介者になっていたのだ。

　山辺家の誰も協力してくれない状況で、わたし独りではもうどうにもできない。以前、佐倉さんに紹介された「ワンネスグループ」に春也を入れようと決意し、思い切って施設に電話をしてみた。

「ワンネスグループ」というのは、さまざまな依存症の人たちの心身の回復とその後の社会復帰をサポートする団体で、そこで暮らすための施設が用意されている。依存症の家族についての相談を受け、施設に入れたいという希望があれば、家まで依存症患者を迎えに来てくれるというのだ。

　春也は精神病院に入れられる時、数人の男たちに羽交い締めにされ、まるで犯人が連行されるかのような恰好で無理やり車に乗せられ、病院に連れていかれた。またそんなことになりはしないかと心配したが、電話口の方の話では、強制的に連れていったりはせず、まずは施設への入所を説得し、本人が納得する形で連れていく、ということだった。

　春也には、「施設に行って暮らす」か、「離婚して家を出る」かの二択を迫り、自分から施設に行くと言い出すように促す感じの方法を採ってくれると話してくれた。ただ、この施設での暮らしは数年以上にわたり、一度入ったら長い間戻ることはできないと言われた。そうなると、いくら協力しない山辺家であっても、一応連絡を入れなければならないし、その前に春也自身とも話し合わなければならない。

「貯金もなくなってきてるし、春也がお金を返せない、薬をやめられないっていうなら、もうどうしようもないよ」

わたしはそう切り出し、「ワンネスグループ」のことを春也に話した。

春也は困り顔で「やだよ」と言い、むくれて寝てしまったが、一向に薬を減らす様子もない春也に、これからどうするつもりなのか、考えを聞きたかったので、「自分の考えをまとめてください」と書いた紙を置いて、仕事に出かけた。

夜遅くに帰宅すると、春也は寝ていた。あれきり起きていないのかと思ったが、置いていった紙になにやら書いてあった。

必ず金を返して出ていきます。

金を返したら絶対に出ていくのでそれまでおいてください。

お願いします。

いつも怒るばかり。小言ばかり。

俺は薬を断とうと必死です。

苦しい。気がまわらない。生きているのもつらい。

でも、これ過ぎればいつか笑えると思って毎日過ごしてる。

いつも本当は死にたい。

でも、依和に悪いからしない。

お金を返して、出ていって、のたれ死ぬから。


（バカ。のたれ死ぬは余計だって）

そんなことを心で呟いたが、それを読んだわたしの目からは涙が溢れ出した。

苦しんでいるのはわたしだけじゃない。春也だって苦しいんだ。

わかってるつもりだったけど、お金の要求ばかりされて、春也が薬を買うお金を手に入れるためだけにわたしを利用していると思うと、腹が立って仕方がなかった。確かに、わたしは春也を怒ってばかりいた。

「俺、依和に拾われた犬だよなぁ。依和に感謝しないと」などと、たまにしおらしいことを言う春也を思い出して、わたしは涙が止まらなかった。

(バカだな)

それは自分への言葉だった。

(拾った犬が病気だったからって、捨てられるかよ)

この時、わたしは春也を「ワンネスグループ」にはやらない、と決めてしまった。

第五章　ひとりぼっちの闘い

半ば諦めていたのだが、春也にもついにその日がやってきた。

家族教室でたびたび話題になっていた、治療につながる第一歩ともいえる「底つき」が来たのだ。

それまで春也は薬を買うため、カードローンで借金を重ねていた。返済できなくなると、また別の会社のカードローンで返済のための借金をするといったことをくり返しているうちに、借り入れた会社は七社にもなり、リボ払いにしても月々の返済額が十万円を超えるほどに膨らんでしまっていた。最後には、お金を貸してくれる金融会社がなくなり、それでも薬をやめられなかった春也は、窮地に追い込まれていた。

「お願いだから、許可してくれよ。依和が『うん』と言えば貸してもいいって言ってるんだ。ちゃんと働いて返すから。田中さんちの庭をやれば、借金なんて返せるんだから。頼むよ」

以前わたしが借金を肩代わりし、「もう二度と春也にはお金を貸さない」という誓約書を交わしていた会社が、唯一わたしの許可があれば貸してもいいと言っているようで、春也は誓約書を破棄してほしい、と必死に懇願してきた。

しかし、春也のその場逃れの言い分に散々騙されてきたのだ。わたしだって、さすがにもう懲りた。家族教室でも「尻拭いは絶対するな」と諭されてきたではないか。いつまでたっても借金が減らせないのは、春也が薬をやめないからだ。そのことがなぜわからないのか、それが「依存症」という病気なのだろうが、春也自身が悟らなければならない。

わたしは、誓約書の撤回には応じられないと主張し、しばらく春也と言い合いになった。

「ふざけないでよ！　返す、返すって、今までちゃんと返したことなんてないじゃない」

「返してるよ！　ちゃんと返してるだろう？」

「返してる？　持ってきたお金を、また貸してくれって持っていくのに、それを返してるっていうの？　しかも、持ってきた以上のお金を貸してくれって持っていってるよね？　借金がなくなるどころか増えてるのがわからないの？」

そう言って、部屋の壁にピン止めされた、春也がこれまでに働いて返すからと言っては借り続けてきた「借用書メモ」を、わたしは手でバンバンと叩いてみせた。

「わかってるよ。だから、働いてるだろ。お金さえ借りられれば仕事ができて、ちゃんと返せるんだよ！」

今まで何十回とくり返してきた同じセリフで、春也も必死で食い下がった。だが、わたしは今回ばかりは頑として首を縦には振らなかった。

するとと、春也はお金を手に入れるためには手段を選んでなどいられなくなったのか、

「じゃあ、もういいよ。離婚してくれよ。離婚したら、依和の承諾はいらなくなるし、貸してもらえるから」

と、開き直って言い出した。

春也のあまりにも勝手な言い分には、さすがに堪忍袋の緒が切れて、

「じゃあ、家を出ていくんだね！　今すぐ出ていくんだね！　離婚してお金は借りたい。家は出ていかない。そんな勝手は許されないからね！　離婚するなら、今まで春也がわたしにしてきたことを全部弁護士に話して、慰謝料もらうからね！」

売り言葉に応えるかのように、わたしは激しい口調で春也に言い返した。

一文無しの春也に慰謝料など請求したところで、払えないことはわかっていたが、そうでも言わないと、春也はいつまでたってもわたしがなんとかしてくれるという甘い考えから抜け出さない。今まで好き勝手してきたことがどれだけわたしを傷つけ、疲労させてきたのかもわからない。

本気で追い出す覚悟だとわからせるため、わたしは再度強い口調で、春也に言い放った。

「出ていって！」

どうにも折れそうにないわたしの固い決意を見て取ると、春也はそれ以上何も言わず、自分のこもり部屋（タバコを吸うための部屋）に入っていった。

「家を出ていけ」と言われるのは、さすがに困るらしい。

春也は親兄弟に厄介者扱いされているし、「家に来るな」としつこく言われている。戻ったところで、実家には自分の居場所がないことをわかっていたからだ。

その日は甥と姪の小学校の運動会があり、差し入れを持っていく約束をしていたので、部屋にこもった春也をよそに、わたしは急いで支度をするとすぐに出かけてしまった。

運動会が終わって家に戻ってみると、春也はいなかった。

しばらくして帰ってきた春也は、少しの間黙っていたが、気持ちを吹っ切ったかのように言葉を発した。

「おれ、病院入るよ。病院入って治療するよ」

突然のことだった。

「え？」

ついさっきまで、お金を借りることに執着し、声を荒らげていたのだから、思いもよらぬ言葉には一瞬驚いた。

今まで「薬物依存症は病気なんだから、治療しないと治せないんだよ」と、どれほど言って聞かせても、「いや、俺は病気じゃない。ちゃんとコントロールできてる。いつだってやめられるし、依存症なんかじゃない」と言い張って、わたしや春也の父親の説得をまったく聞き入れなかった春也が、自分から「治療したい」と言ってきたのだ。もう後には退かないと決めて、春也が頑固に薬をやめないなら離婚の手続きをしようと構えていたのだから、わたしは拍子抜けした感じだった。

「いいの？」

春也にどんな心境の変化があったのか、思いを巡らせていると、

「ダメだ。もうどこからも借りられない。自己破産するよ。病院入って治療するよ」

春也は、降参とでもいうようにがっくりと肩を落として答えた。

自分でもすでにわかっていただろうが、まだどこかに少しでもお金を貸してくれるところがあるのではないかと、あちこち彷徨って無人契約機を探しては試してきたのだろう。

結果、万策尽きたようだ。

やっと。やっとだ。

家族教室に参加し、この病気を治すには本人が自覚する以外にないと、そしてそれには本人が「底つき」の状態に陥らなければならないと、そう諭されてきた。しかし、お金がなくなると「働いて返すから貸してくれ」をくり返す春也に、果たしてそんな日が来るのかと、期待というよりも願うような気持ちでこの日を待っていた。

そうして、今、まさに待ち望んだ日が来たのだ。なら、この好機を逃す手はない。

「本当にいいんだね？　病院に連絡するよ」

念を押すように言うと、

「いいよ」

春也は観念したように頷いた。

十年以上もの間、春也の病気に悩まされ、闘い続けてきたのだ。やっと長く続いていた暗いトンネルから抜け出せる思いだった。

「わかった。じゃあ、病院に電話して予約とるよ。入院でお金を払えなくなったってことで、弁護士に自己破産の相談するからね」

わたしがそう言うと、春也は少しほっとしたようだった。これから病院に入らなければならない不安もあるだろうが、それよりも借金の返済に追われなくてすむことに安堵したのだろう。

すぐに、わたしは義父に紹介されていた他県の依存症専門の病院へ連絡し、診察の予約をとった。更には自己破産に対応してくれる法律事務所をネットで探し、そちらも早々に電話で相談することができた。

春也が自分から「依存症の治療をしたい」と言ってくれたことで、病院のことも借金のこともとんとん拍子に解決の方向に進んでいき、このまますべてが良いほうへ向かってくれるのではないかと、今度こそはと、今まで以上に期待する気持ちに変わっていった。

そして、春也が依存症治療を決心してくれることをずっと待ち望んでいた義父の康夫に、当然喜んでくれるだろうと思い、報告の電話をした。

だが、義父の反応は思っていたものとは違っていた。

報告を聞くなり、開口一番に出た言葉は春也を疑うものだった。

「ううむ……どうも本気で薬をやめる気になったとは思えないなあ。借金が返せなくなったから入院するというのだろう。春也の口から直接『薬をやめる』という決意の言葉を聞かないかぎり信じられないなあ」

喜んでくれるどころか、納得がいかないという口振りだった。

今まで自分が春也に何度も約束させて薬をやめさせようとしたのに、春也は一向にやめなかったのだから、にわかには信じられないというのもわからなくはない。

クリニックでの失敗もあったからだろう。義父はわたしの報告に対し、入院費を出させるためにいいようなことを言って、春也がまた親を騙そうとしているのではないか、と疑うばかりだった。

確かに今まで春也は、薬を買うお金を手に入れるために、ありとあらゆる嘘をついてきた。しかし、それは「薬物依存症という病気がさせていることなのだ」と、わたしが春也にお金を使われて困っていることを相談した時、義父はわたしを諭すように言っていたではないか。なのに、春也が病気を治したいと、せっかくその気になってくれたというのに、今度は自分の猜疑心で否定してしまうのか。自分から言い出したというのは、父親に言われてしぶしぶ依存症治療のためのクリニック通いをしていた時とは違うのに。

「春也の口から、やめるという言葉を聞きたい。そうじゃないと、信じられない」

義父は最後まで不満気な言葉をくり返すだけだった。

なぜ自分の息子を信じてやれないのか。春也が治療に前向きになってくれたことを、なぜ素直に喜んでくれないのか。やっとの思いでここまで漕ぎ着けたというのに、親に信じてもらえないことに自棄になって、春也が「病院に行くのをやめる」と言い出すかもしれない。それだけは避けなければならない。

それでなくても、薬をやめたいという気持ちになっている今がまたとないチャンスで、すぐにでも入院させたいのに、予約できた診察日は一か月も先なのである。「依存症を治す」と決めたとはいえ、身体が欲してしまうと薬を買いに行かずにはいられない状態は続いているのだから、待たされる一か月は春也にとってとてもつらいようで、常にイライラしている。

本当に薬をやめられるのか、薬をやめて仕事がちゃんとできるようになるのか、退院して戻ってくるまでお客さんは待っていてくれるのか、そういった諸々の不安を抱え、春也は落ち着かない様子だった。とても冷静に父親と話をする気分ではないのは見て取れた。

義父は、春也から直接「薬をやめる」という決心の電話をもらいたい、と言ってきかなかったが、正直わたしはあまり話をさせたくない思いだった。

これまでの春也の話から、義父が春也の今の心理状態をちゃんとわかってくれるのか疑問だったし、話をさせようものなら、不安でいっぱいな春也の気持ちを逆なでしてしまうのではないか、とそんな思いばかりが廻ったからだ。春也の病気でわたしがどれほど苦労してきたか知りもしない義父に、ぐずぐず言われて台無しにされるのは迷惑でしかなかった。

それでも、「診察は一か月も先で、それまで本人は薬をやめられずにイライラしているし、対応するわたしの身にもなってください」と訴えたものだから、電話を切った後、波子からの助言もあったようで、病院に行くまでの費用として、わたしの口座に十万円振り込んでくれた。県外なので、高速を使って行かなければならないし、入院となると何かとお金が入り用だったので、それについては大変ありがたかった。


七月〇日。

いよいよ病院に行く日がやってきた。病院に向かう途中、春也は車の中でほとんど話をしなかった。これから入院して治療を受ける身で、陽気な気分でいられるはずもないのは当然だが、病院についてからも不安からなのか、ずっと不機嫌な様子のままだった。それでも、薬物依存症を治したいという思いは嘘ではないようで、診察前のアンケートやソーシャルワーカー（精神保健福祉士）の方の問診では、病気になった経緯などを積極的に答えていた。ソーシャルワーカーというのはそういうお仕事なのだろうが、春也の話を熱心に聞き、時には頷きながら事細かにメモを取っていた。自分に耳を傾けてくれる相手に話したことで、春也も少し楽な気持ちになっているようだった。この様子なら治療もうまくいってくれるのでは、と期待をもって診察の時を待った。

だが、わたしの考えはまだまだ甘かった。

名前が呼ばれ、診察室に入った春也は、治療プログラムが三か月だと担当医師から告げられると、おもむろに嫌な顔をし、

「自分は二週間でいいです」

と言い出した。

担当医は困ったように、

「二週間では治療はできませんよ。それでは完全に治らず、また同じ状態に戻ってしまう率が高いので、三か月は入院が必要です」

と、春也に説明した。

しかし、春也は、

「自分は大丈夫です。お客さんを待たせてるんで、早く治療して出たいんです」

と言い張った。

春也が三か月の入院プログラムをなかなか承諾しないので、少しの間医師ともめるようなやり取りが続いてしまった。

仕方なく、わたしが割って入り、

「病気を治すって決めたんでしょ。ちゃんと治すには三か月のプログラムをこなさないといけないって、先生が言ってるんだから、それくらい我慢すべきじゃないの？」

そう言い聞かせて、その場はなんとか春也を黙らせた。

けれど、入院期間を三か月にされたことで、春也はその後、入院手続きをしている間中、診察前よりも更に不機嫌度が増したようで不満そうにむくれていた。その様子に、担当医師も「やれやれ面倒な患者を受け持ってしまったな」というような困惑顔だった。

この時担当となった松田医師は春也より一回り以上若い感じの医師で、後で聞いたのだが、この病院勤務となってまだ三か月余りだったらしい。そのせいかはわからないが、わたしから見ても春也への応対にかなり物足りなさを感じた。

というのも、この病院は依存症治療を専門にしていて、院長も講演を行うような有名な方だと家族教室でも勧めていたので、勤務する医師たちもみな当然、こういった依存症患者には慣れているものと思ったたし、「プログラムを頑張ってこなせば必ず治るよ」的な、患者を安堵させるような励ましの言葉をかけてくれるものと思っていたからだ。他の医師はそういう方たちだったかもしれないが、わたしの考えとは違って、この松田医師はそういう医師ではなかった。

診察前にソーシャルワーカーの方が、なぜこの病気になったのか、これまでの経緯や不安障害という病気をもっていることなど詳しく聞いてくれて問診表に記入してくれたのだが、松田医師はどれもさっと一通り目を通すくらいで、ここへ来た経緯などあまり興味がないのか、特に詳しく尋ねる様子もなかった。病気の患者に寄り添う医師というよりも、ただ指示に従わせる医師という印象だった。

わたしの家に来てからお世話になっている、熱心に話を聞いてくれて、春也をいつも励ましてくれる、心療内科の高崎先生とは明らかに違っていた。

こっちの病院に移る時、川野先生に紹介状を書いてもらったのだか、春也の病気が「不安障害」と「薬物依存」を兼ねる特殊な症例とわかると、心療内科クリニックの医者は自分には扱えないと判断し、他を当たるようにと紹介状を突き返してきた。何軒もの病院をたらい回しにされて辿り着いたのが、高崎先生のいる病院だったのだが、高崎先生はそんな春也を「大変だったね」と労い、常に春也の病状を聞き、容態を気遣いながら薬を処方してくれている。

そんな高崎先生とは大違いな松田医師は、病院へ来る患者は「病気を治したい」と自らの意志でやってくるもので、医師の指示通りに回復プログラムをこなすのが当たり前という考えなのか、春也が入院を納得した後は、入院にあたっての注意事項等を事務的に淡々と話すだけだった。

そんな担当医を前にして、ただただ不安でしかなかった春也は「個室に入りたい」と言い出した。ちょうどワールドカップが開催されていて、「好きなサッカーを観られれば頑張る気持ちになれる」というので、ここでへそを曲げられても困ると思ったわたしは入院費が高額になるのを覚悟で、安易にそれを許してしまった。

こうして、春也は三か月の治療プログラムをこなすことをなんとか納得し、その日から入院生活が始まることになった。

わたしは別室で入院に関する説明を受け、その後、春也の病室に案内された。すでに治療は始まっていて、春也は今まで処方していた精神安定剤を全部看護師に預け、点滴を受けて横になっていた。春也を置いて帰るわたしの不安そうな顔を見て、春也は安心させようと思ったのか起き上がって軽くハグをすると、

「大丈夫、頑張るよ」

と笑顔をみせた。

わたしは涙が出そうになるのをぐっとこらえて頷くと、病室を出て帰路についた。


入院には二名の保証人が必要だった。

一人はわたしだとしても、もう一人は同一の家に住んでいない者とされていたので、わたしの父にすることはできず、義父に保証人になってもらおうとした。

前回の電話の後は話をしていなかったが、いよいよ春也の入院治療が始まり、これでさすがに本気だとわかってくれるだろうと思い、その旨をメールで伝えた。

そして、なるべく早く保証人に判をもらい、入院の誓約書を提出してほしいと病院の事務局から言われたので、すぐに速達料金の切手を貼った返信封筒を同封して、康夫に送っ

た。

だが、数日しても、返信封筒は病院に届かなかった。なぜ送ってくれないのか、次の週に病院へ行った時に電話をしたら、「春也が本気じゃないから判は押せない」と、まだそんなことを言い続けていた。

春也がやっと治療を始めてくれたというのに、なぜこの父親は頑なに息子の決意を信じようとしないのか、わたしには理解できなかった。

春也に電話を替わっても一向に埒が明かず、ついにはその場にいた春也の担当となったケースワーカー（相談員）の方が電話を替わって状況を説明してくれたが、それでも義父は判を押さない、と言い張っているようだった。「お父さん、ダメみたいですね」と言って、ケースワーカーの方がわたしに電話を戻したので、書類も早く提出しなければならないし、仕方なく判を押さなくていいから病院に返送してくれるように頼んで、電話を切った。

応対したケースワーカーの方の話では、「春也が素直に病気の治療をしているはずがない」と言っていたようで、ちゃんと治療していることを伝えると、「じゃあ、頑張っている様子を見に行ってみますよ」というような返事だったという。

「ほんとに来てくれますかね?」

頑なに保証人になることを拒む父親の対応に、ケースワーカーの方も親子の確執を感じたのか、苦笑気味に言った。

病院から家に戻り、保証人の書類を病院に送ってくれるよう、再度義父に電話をしたが、やはり判を押してはくれないようだった。

義父がダメというのなら義兄にお願いしたいと言ったところ、

「わたしは判押しませんよ」

と即答だった。

義兄は鼻で笑って言った。

「またあ、そんなのふりですよ。借金が払えなくなったから、ちょっと入院してみるかってことなんじゃないですか。ワールドカップが観たいから個室に入りたいなんて言ってるようなやつは、本気で治す気がないですよ。悪いけど、保証人にはなりません。どんなに親しい人でも、保証人にはなるなって言われてるんで」

借金の保証人じゃあるまいし、弟が病気治療のために入院するってことなのに、この家の人間はどうしてこんな言い方ができるのか。

自分の息子を信じられない父親も父親だけれど、兄も兄で親が弟にばかりお金をかけているのが気に入らないのか、

「不良グループに入ったのも、薬なんかやり始めたのも春也が悪いんですよ。自分の責任でしょう？」

と、春也が不安障害になったことも、薬物依存症になったことも、自分には一切関係はないし、責任もないという言い方しかしなかった。春也に冷たいというよりは、そんなダメなやつに不自由ない生活をさせ、面倒を見ているわたしのことが気に入らない様子で、ことさらわたしに冷たかった。よくもここまで嫌われたものだな、と苦笑するしかなかった。

親兄弟が保証人拒否をして、春也の依存症治療に協力しなければ、その負担はすべてわたしにかかる。そのことを承知で拒否しているのだ。わたしは山辺家の冷たい仕打ちに耐えるしかなかった。

春也をわたしの家に連れていきたいと言った時、義母の波子は精神安定剤を飲みながら生活している春也が普通の身体ではないことをわかっていて協力すると言ってくれたけれど、義父や義兄にはそんな気はさらさらなかったわけだ。家から勝手に連れ出したのだか

ら、すべては連れ出したわたしの責任と言いたいようだった。

この時、波子は自分の身体に問題を抱えていて、わたしを助けるどころではなかった。春也が入院する前に波子とは一度話したが、

「なんかね、胸のところにしこりがあるのよ。そんなの年を取ると誰でもあるみたいに言われて、なかなか病院に連れていってもらえなかったのだけど、今度やっと病院で診てもらえることになったの。悪性じゃないといいんだけど……。そんなわけで、依和さんの話を聞いてあげられなくてごめんね。何でもないってわかったら、また話を聞いてあげるからね。それまで待っていてね」

そんなふうに言われていたので、気持ちの負担をかけるわけにはいかなかった。

実の父も実の兄も春也のことは厄介な存在でしかなくなってしまった以上、わたしはひとりぼっちで闘うしかないんだと痛いほど思い知らされた。

その後、事情を知り、わたしの妹が二つ返事で保証人になってくれたが、こんなにも愛も情もない家で春也が育ったのかと思うと、春也がかわいそうで仕方がなかった。それでも、ケースワーカーに「様子を見に行く」と言った義父の言葉を信じれば、まだ春也を思

う気持ちがあるのではないかと思い、義父になんとか「春也が薬をやめようとしてる姿をちゃんと見てほしい」、「苦しんでいる春也とちゃんと向き合ってほしい」と、再度メールした。しかし、それにもとうとう返事はこなかった。

親兄弟に見放された状態の中で、春也は独り薬を断つために頑張っていた。

入院してしばらくは春也からのメールもアプリのメッセージもまったくなかった。どうしているかと思いながらも、治療に専念しているものと信じて、考え過ぎないようにと自分に言い聞かせ、日々を過ごしていた。

病院を後にして五日が過ぎた日、携帯画面に通話アプリの新着を知らせるプッシュ通知が表示されているのに気づいた。開いてみると、春也からで、トーク画面に絢香の『三日月』という曲が貼付されていた。「俺、頑張るからね」という、春也なりのメッセージなのだろう。

『三日月』を聴きながら、わたしは春也を独り遠い場所に置いてきたんだということを今さらながらに思い、涙が溢れてきた。

春也を元気づけようと、春也がお気に入りの、窓の桟に置いている光で動く三つ子のパンダの写真を撮って送った。

〈なんか、ちょっとさみしいかな〉

それを見た春也が、初めて心の内をもらした。

〈次の日曜に行くから。何か必要なものある？〉

〈お金。飲み物が買えない〉

〈わかった〉

病院内ということもあって、メッセージアプリでしかやりとりができなかったが、春也が頑張っているようだったので、少しは安心した。

次の日曜、わたしは早起きして、着替えと飲み物や少しばかりのお菓子をもって、病院まで車を走らせた。面会の申請をし、しばらく待っていると看護師が病室に案内してくれた。すると、春也は、

「早かったね」

と、少し驚いた様子で言った。

「そりゃもう、朝一で出てきたから」

わたしらしいと思ったのか、春也はくすっと笑った。

思ったより、なんとか落ち着いて治療を受けている様子でほっとした。昼食を食べながら、病院での様子やたわいもない話を二時間くらいして、わたしは病院を後にした。

帰り際にお金が必要というので、三千円ほど渡したが、それが後にとんでもないことになった。

数日すると、

「お金がない。院内のプログラムでバス代が必要」

また数日すると、

「お金がない。アイス買ったり、飲み物買ったりしたらなくなった」

と、メールで頻繁にお金の要求が来るようになった。

そのたびに郵便局に行ってお金を振り込んでいたのだが、あまりにも回数が多いので不審に思い、すぐに病院のケースワーカーに連絡した。そんなにお金がかかるものなのか、まさか外へ出歩いて薬を買っているんじゃないか、と聞いてみたが、看護師がきちんと見回りをしているし、そんなことはないと思う、という曖昧な返事だった。

結局自分で確かめるしかない。病院周辺の薬局をネットで検索し、いちばん近い薬局に電話してみた。

店主に尋ねると、案の定、見覚えのある服装で、春也らしき人物が毎日のように同じ咳止め薬を買いに来ているという。

「黄色いTシャツと、チノパンで来る四十代くらいの男のお客さんですかね」

すぐに答えが返ってきたことからもわかるように、春也はすっかり顔なじみになっていたのだ。

病院に「薬物依存症」の治療で入院していることを話し、今後春也に薬を売らないでほしいとお願いすると、店主はすぐに理解し、

「わかりました。家族からそういうお話があったということで本人に売らないようにします」

そう約束してくれた。

次の日、病院から「春也が治療プログラムに出ていない」と連絡があった。病室にもいなくて、行方知れずだという。

すぐにピンときた。

薬を買いに出たがいつもの薬局で売ってくれず、他の薬局を探し回っているのだろうと。

前日話をした薬局に電話してみると、思った通りだった。春也がいつものように咳止め薬を買いに来たので、売らなかったという。どこへ行ったのか、そう遠くへは行けないだろうとは思いながらも、ネットで病院から半径二、三キロメートルくらいの範囲にある薬局に電話をかけまくった。

しかし、春也が訪れたという目ぼしい情報はなく、もし現れたら連絡をくれるようにとだけ言って、各店に自分の携帯番号を教えた。どこからも電話はかかってこなかったが、しばらくして春也は病室に戻ってきたと、ケースワーカーから連絡が来た。

その日から、春也はプログラムをさぼることが多くなった。週末だけ帰省が許されていたが、帰る、帰らないは本人の自由で、春也はその週帰らないと言っていたのに、急に帰りたいと言い出した。仕方なく、病院まで迎えに行き、週末を家で過ごさせたが、病院に戻る時にまたお金の要求が始まった。

薬を買うお金など出せないと言ったら、

「二週間で出たいって言ったのに、無理矢理三か月も入院させたんだろう！　稼ぎ時なのに、入院してやってんのに！」と興奮して怒り出した。

わたしは困り果て、病院に戻ってもらうためにお金を渡すしかなかった。

こんなことを続けていて本当に春也が薬をやめてくれるのか不安でしかなかったが、山辺家の人間には見捨てられ、その年予算の都合からかわたしの地区での「薬物家族教室」が開かれなかったので、誰にも相談できずにいた。春也が入院してくれれば少しは肩の荷が下りるかと思っていたのに、お金の要求に怯えて暮らす日々が続くことになろうとは思いもよらなかった。春也が薬をやめられるようになるまでの辛抱とは思ったが、わたしの精神は疲弊していくばかりだった。

病院へ戻るなり、〈帰りたい。病院出たい〉が始まり、夜中に〈退院させてくれないなら死ぬ〉というメッセージまで送ってきた。

なんとか励まして、〈もう少し頑張るよ〉という返信をもらい、ほっと一息ついたのも束の間、松田医師から話があると、担当のケースワーカーから連絡が来た。

何事かと思っていると、春也から〈強制退院だって〉とメッセージが来た。

〈どうして?〉と返すと、〈こっちはもう少し頑張ろうって思ってんのに、ダメなんだってさ〉と、病院を出られるのが少し嬉しそうな返信が来た。

入院当初から、松田医師とは折り合いが悪かったらしいが、春也から聞いた話では、診察時間は短いし、学会が忙しいとかなんとかでめったに病室にも来ないし、来ても五分いるかいないか程度で、「もう帰るんですか?」と言いたくなるような問診だったという。

規則を守れなかったり、プログラムをこなせなかったりした時、春也の「苦しい」という訴えに、親身になって耳を傾けてくれるような人ではなかったようだ。

その後、松田医師から直接電話をもらうことになるのだが、その応対はひどいものだった。

「本人に薬をやめる意志がないので、退院となりました。規則も守らないし、プログラムには出ないし、これからも薬を飲むっていうので退院となりました」

言うことを聞かない春也に怒り気味な感じで、そう早口に言うと、わたしの返事も待たずに電話を切ろうとした。

わたしはもう少し詳しいことが聞きたかったので、一方的にしゃべって終わりにしようとする松田医師に、

「ちょっと待ってください。問診の時、いろいろ話しましたよね？　精神安定剤なしで、毎回のプログラムをこなすのはきついと本人は言ってるんですけど」

と、話を続けようとすると、松田医師はわたしの言葉を遮り、

「病院の規則ですから、退院です」

そう言い張って、切ってしまった。

患者がつらいと言っているのに、聞く耳ももたない医者じゃどうしようもない。

わたしはそれ以上あれこれ言っても無駄とわかったので、次の日曜日に春也を迎えに行くことにした。日曜日は事務局が休みで、入院費の支払いはできず、後日清算ということになったが、生命保険の診断書はきちんと書いてくれるようにお願いして、駐車場で春也が出てくるのを待った。

帰り道、わたしはさすがにもう春也に振り回されるのは御免だと自分の思いを正直に話し、

「もし、薬をやめられなかったら、離婚届、出していい？」

そう言って、離婚届にサインして判を押してくれるように頼んだ。

春也はとにかく家に帰りたいという一心だったのか、

「いいよ。俺、ちゃんと薬やめるから」

すんなりと承諾した。

第六章　終わりのない旅

波子の胸のしこりは癌だった。悪性腫瘍の摘出手術を無事終え退院したと、春也には兄から連絡があったらしいが、波子からは電話も手紙の返事もなかった。術後ということもあるし、しばらくは安静にしていなければならない状態なのだろうと思っていたが、退院からひと月以上が過ぎても何の音沙汰もなかった。わたしは波子がどんな様子でいるのか気になり、春也の実家に電話してみることにした。

春也の話では、保証人を拒否されて以来、義父は携帯電話の契約を切ってしまっているとのこと、直接波子と話がしたかったのだが、仕方なく家の固定電話にかけた。

固定電話にかけると、たいてい出るのは義兄だ。彼が出ると、なかなか話したい相手に取り次いでくれず、長々と自分の意見やら理論を展開し、春也への対応について、わたしが至らない点を説教のようにあれこれと言ってくるのでとても嫌だった。

その日もやはり義兄が出た。わたしが、お義母さんと話がしたいというと、

「何ですか。どんな用ですか」

あからさまに取り次がない気満々の口調だった。

「お義母さん、退院したと聞いたんですが、その後、どうしているかなと思って……」

義兄の冷たい物言いに躊躇《ためら》いながら言うと、

「どうって、元気ですよ」

事務的な答えが返ってきた。

そして、攻撃の合図とでもいうようにふっと息を漏らすと、意気揚々と言葉を続けた。

「親父とお袋はもう関わらないって、手紙を出しましたよね。見てないんですか？」

「え？　手紙なんて、もらってません」

わたしが驚いて答えると、

「いや、ちゃんと出しましたよ。親父とお袋が二人連名で春也に出したはずですよ」

そう言い切った。

「わたし宛じゃないですよね？　わたしは見てないですけど」

本当に身に覚えのないことだった。

「春也、見せてないんですか。依和さんにも見せるようにって、ちゃんと書いてますよ。証拠の写真も撮っておきましたから、見てないなら送りましょうか」

義兄はそう言ったかと思うと、すかさず義父が書いたという手紙の写真をメッセージアプリで送ってきた。

それは、春也宛の義父直筆の手紙を撮影したものだった。

内容は、春也が依存症治療のため病院に入院する際に、自分が保証人にならなかったこと、携帯電話を解約したことへの言い訳が書いてあった。

保証人に判を押さなかったことについては、春也に本気で病気を治す気が感じられなかったから、とある。

何をもって治す気がないという判断なのか、わたしは義父に「治療を頑張っている春也をちゃんと見てほしい」とメールしたにもかかわらず、春也と話し合うどころか、メールに返信すらなかったのに。

今にしてわかったことではないが、義父はそういう性格らしい。たとえ我が子のことであっても問題を抱えることが苦手なようだ。争いや面倒ごとに関わりたくないのはわかるが、春也が問題を起こすたびに「なんでお前は……」となり、その先に続くのは「問題を起こすんだ」であることは、言われずとも春也はわかっていた。

春也が自転車泥棒と疑われた時も、ご近所トラブルで切り付けられた時も、悪いのは相手なのに「なんでお前は……」という言葉しか発してくれなかったらしい。春也にしてみれば、「息子はそんなことはしない」とか、「大丈夫か?」とか、少しでも自分を気遣う言葉が欲しかったと言う。なぜそんなことになったのか、理由すら聞いてくれず、時には春也を信用してさえくれない父親の対応に、悔しい思いをした過去の出来事を春也はいろいろと話してくれた。

　春也がひきこもりになってしまった時もそうだった。義父は春也の気持ちも考えず、春也を強制的に精神病院に入れてしまった。自分の息子なら、ちゃんと向きあって、話を聞いてやることができたはずなのに。今回だって、苦しみながらも治療している春也の姿を一度も見舞いもせず、勝手に病気を治す気がないと早々に決めつけてしまったのだ。

　携帯電話を解約した言い訳については、電話の調子が悪くなったからと書かれていたが、本当のところはわからない。わたしや春也から自分に都合の悪い話を聞きたくなかったのではないかと、後の義兄の言葉から推測してしまう。

　更には、自分たちは高齢でもう何もできないからという理由で、今後一切春也には関わらない、これからは春也自身でなんとかするように、とあった。

　そして、最後に、わたしにもこれを見せるように、と書き添えられていた。

　いわゆる絶縁状である。

「ほんとにいいのかって、親父に言ったんですよ。証拠として写真を撮っておきましたけどね」

義兄の言い様は、すべては義父自身の考えで、この手紙を書くにあたって、自分は何も余計なことは言っていない、というような口振りだったが、かえってそれが怪しく感じた。自分が父親に書かせたと思われたくなかったのだろうが、ご丁寧に証拠写真を撮っておくなんて、この手紙に関わったことを明白にしているようなものではないか。

「依和さんから電話や手紙が来ると、お袋も親父も具合が悪くなるんでね、家では不幸の電話、不幸の手紙って言ってるんですよ。そういうわけですから」

加えて発した義兄の言葉は、わたしが春也の両親を苦しめている元凶であると言い放ったも同然だった。春也の悪行ばかりを知らせてくるわたしという存在が災厄であり、さぞ疎ましかったのだろう。要するに、電話の契約を切ったのはわたしからの連絡が来ないようにしたかったのではないかと、想像できてしまう。

確かに春也のことをよく知らずに家から連れ出したのはわたしだ。

後から春也のとんでもない病気のことを知って、騒ぎ立てられても困ると言いたいのだろうが、家に行った時、これから面倒を見ようとするわたしに春也の病気について一言も触れなかった親も親ではないだろうか。同居していながら、自分の息子が薬漬けになっていることも知らなかったというのだろうか。それほどまでに息子に無関心だったというのだろうか。

事実はわからないが、すでに義父にとっても知るところとなった「薬物依存症」という病気は、自分でも薬物家族教室に通い、独りでは治すことが難しいということもわかったはずだ。義父自身が、「春也は病気なんだ」とわたしに言っていたにもかかわらず、今さら春也に独りでなんとかしろ、とはどういうことか。厄介ごと、面倒ごとが苦手な父親が、（ああ、面倒になったんだな）と、わたしは感じるしかなかった。義父の字で、波子の名も連ねてあったことから、病み上がりの波子は否応なくこのことを承知させられ、わたしへの手紙も禁じられたのではないかと、返事が来ないわけを納得した。

春也の話を聞く限り、春也が精神疾患になった原因も、薬物依存症になった原因も、少なからず子どものＳＯＳに気づいてやらなかった親にあるのではないかとわたしは思う。高校生だった春也にしたことを義父は忘れたのだろうか。春也は精神的に追い詰められて病気になったというのに、それすら責任はないと言ってしまえるのだろうか。

病気を治そうと努力しようとしても、思うようにはいかない。薬を飲まなければ思うように身体が動かない。働けない。春也だってもがいてるんだ。そんな春也の苦しみを理解しようともせず、逃げる選択肢を選んでしまったのだ。

手紙で、体のいい言い訳をしているが、保証人になりたくなかったのは春也の入院費を出したくなかったのが最大の理由だろう。お金を出してほしいなどとは一言も言っていないのだが、関わってしまえばいくらかでもわたしを援助しなければならないだろうし、それは結局春也にお金をかけてしまうことになると、義兄に苦言を呈されたのではないかと思う。

自分たちが保証人の判を押さなければ、困るのはわたしだ。所詮、わたしは他人。わたしが困ることなど、この義家族は痛くも痒くもない。そう思ったら、保証人拒否をした時の義兄の、いかにも困らせてやろうと息巻いた断り方が思い出されて、腹立たしく思えてきた。

「わたしのせいだって言うんですか？　わたしを責めるんですか？　春也さんが病気だってことも、借金があるってことも何も教えてくれなかったじゃないですか」

そう訴えると、彼は怯むどころか、わたしの言葉を手玉に取って、

「俺はなんとなく知ってましたよ。だから、いいのかなあって。親は普通言いませんよ。

『うちの子は病気だけど、借金ありますけど、いいですか？』なんて、結婚相手に言いますか？　言わないでしょう？」

気づけなかったわたしが悪いとでも言いたげに返してきた。

ただでさえ思うように病気を治してくれない春也を抱えてつらいのに、追い打ちをかけるようにつらく当たる義兄の言葉にわたしは胸が苦しくなった。

そして、

「わたしが悪いって、言いたいんですか！　どうしてもわたしが悪いって、責めるんですか！」

と、わたしは声を荒らげてしまった。

さすがにそのわたしの叫びには少し引いたのか、

「言いたいことがあるなら、直接来て言ったらどうですか。うちに来て、親とどうぞ喧嘩でも何でもしてください」

義兄は自分に非はないと逃げるような言い方でそう言った。

更には何を思ったのか、

「依和さんはどうしてほしいんですか？　お金ですか？」

急にそんなことを言い出した。

その一言に、わたしは頭に上っていた血がさっと引いた。

(お金? 何言ってるんだろう、この人は。ああ、そうなのか。結局、わたしをお金がほしくて訴えているとしか思ってないんだ)

冷静さを取り戻したわたしは、

「もういいです」

そう言って、波子に取り次いでもらえないまま電話を切った。


口では弟の病気を治したいと思っているようなことを言っているが、保証人を拒否した時にそんな気持ちはないとわかったではないか。波子がわたしにわずかながらのお金を送ることすら反対だったのだから、義兄は、春也を親の財産を食い潰している弟という存在にしか思えてなかったのかもしれない。

そんな思いを巡らせながら、

(お義兄さんの筋書きでは、わたしは治療費だのなんだのと、お金を要求してくる強請《たか》り嫁って配役なのかな)

わたしは心の中で自虐的に呟いた。

（協力するって言ったのにね）

薬物依存症になっているとは思わないまでも、精神安定剤を飲み続けている我が子が普通の身体ではないことをわかっていて、波子が「できるだけ協力するからね」と言ってくれたことを改めて思い出して、寂しい気持ちだった。

電話を切ってから、わたしはもう一度、義兄から送られてきた義父の手紙を読み返してみた。「高齢だから、何もできない」か。果たして、本当にそうなのだろうか。いくつになっても子は子、親は親ではないのか。

やることはやり尽くしたようなことを手紙で言っているが、春也が「薬物依存症」という病気だと知って、義父が関わってきたのはここ数年だ。子ども時分にはまったくというほど関わらず、春也が二十年近くも薬漬けになっていたことすら知らなかったというような父親だ。離れて暮らしているならまだしも、同じ家に住んでいながら、息子の様子がおかしいとか、少しも気にもかけなかったのかと驚くばかりだ。薄々気づいていながら気づかないふりをしていたのか、全く自分の子どもに興味がないかのどちらかだろう。

春也の病気が重いことをわたしから何度も聞かされて、ようやく親としてなんとかしなくてはと思い始め、精神保健福祉センターに電話で相談したり、家族教室に何度か行ったりしたようだが、それもすぐにやめてしまった。クリニックで治療させようともしてくれたが、上手くいかずお手上げ状態になってしまった。春也の依存症を治そうと、ありとあらゆることを試みたわたしからしたら、ほんのちょっと関わっただけとしか思えなかったが、「もう降参」と言う年寄りに、それ以上のことは望めなかった。

春也が子どもの頃に両親がどんな関わり方をしていたのか、春也の口から語られることだけでわたしはよく知らない。けれど、子どもっぽく自己中心的な考えに偏る春也の性格は、親によってきちんと自我形成がなされなかった結果のように思えてならない。「心」を育ててもらえないまま、思春期にはSOSにも気づいてもらえず、やりきれない気持ちが春也を悪い道へと暴走させてしまったのではないかと思う。

どんなに悔いても、過去に戻れるものではないが、子どもときちんと向き合ってこなかった結果が今の春也であり、どうしようもなくなって親は最後には逃げざるを得なくなった。もしわたしがいなかったら、春也は薬漬けで中毒死か、再び精神病院に放り込まれていたのだろうか。苦しみを誰にもわかってもらえないまま孤独に死んでしまっていたのだろうか。考えるだけでも悲しい結末だ。

そんな親でも、春也にとっては唯一無二の親なのだ。自分では不満ばかり言っているが、他人にあれこれ親の悪口を言われるのは嫌だろう。わたしは言いたい文句は山ほどあったが、春也には言わず飲み込んだ。子は親を選べないのだから。


強制退院させられて戻ってきた春也は、すぐには薬なしでは働けなかった。

わたしに見つからないように新しい薬局を見つけては、また薬を買い出していた。けれど、今度こそはと覚悟を決めて、離婚届に判を押してもらっていたので、いつでも役所に提出することができる切り札を手にして、わたしの気持ちは楽になっていた。

春也が薬局に行ってもあまりわたしが気にしなくなっていたので、春也自身も冷静に考えられるようになったのではないかと思う。

あれほど逆らって、携帯に入れていた出会い系の遊びもやめたようだった。わたしが気にしないようになっただけかもしれないが、少なくとも出会い系に課金している様子はなくなった。今にして思えば、一種のサインだったのかもしれない。春也が中学生の時、父親に気づいてほしいがために不良グループに入ってしまったように、わたしにつらさをわかってほしいがための反抗だったのかもしれない。春也が紙に書いていた通り、いくら言っても薬をやめない春也を、わたしは叱りつけてばかりいた。逃げ場がなくて、苦しかったのだろう。たとえお金を落としてくれる客に対してのものだとしても、わたしとは違うやさしい言葉が欲しかったのかもしれない。

わずか一か月で強制退院になってしまった春也だったが、病院で診察の際に言い張っていたように、どうやら二週間で退院するつもりだったようだ。

入院前に仕事を頼まれていたお客さんには、わたしがすべて「体調不良で入院」というように説明し、断りの電話を入れたのだが、たいていのお客さんが「遅くなっても構わないから退院して戻ってくるのを待つ」という返答だった。春也の容態を心配する言葉をもらい、ありがたい気持ちでいっぱいだったのと同時に、春也が本当にお客さんを大事にし、丁寧な仕事をしているのがよくわかった。

ただ一軒だけ、仕事が途中になっていたお客さんには春也自身が説明したので、長い入院になることが上手く伝わっていなかった。二週間以上たっても春也が仕事に行けなかったので、庭造りの依頼を反故《ほご》にされてしまった。それまでにかかった費用も支払ってもらえず、大損の仕事となった。損害を出してしまったということよりも、大事なお客さんを失ったことのほうが春也にはこたえただろう。

そんなこともあって、自然に「薬をやめよう」という「気づき」に至ったのかもしれない。

わたしはといえば、ある朝、またしても身体に異変が起きた。起き上がろうとした時、回転性の目眩《めまい》に襲われたのだ。ひどい吐き気があり、トイレまでようやく這っていき、嘔吐した。トイレにうずくまったまま、気分の悪い目眩が一時間ほど続き、動けない状態だった。ようやく治まりかけて、春也を呼んだ。春也はどうしたらいいかわからずに戸惑っている様子だったが、わたしが動けないのがわかると安静にするように言って、ご飯の用意も自分でし始めた。

その日はさすがに仕事を休み、翌日、三度目の耳鼻咽喉科を訪れた。

検査の結果、特には何も出なかった。

「今は症状が出ていないようだから、発作が起きている時に診てみないとわからないね」

またしても不確かな答えしか返ってこなかった。

（え？　発作が起きてる時って、無理無理、無理ですよ）

歩けないほどひどかった状態を思い出し、わたしは心の中で思い切り首を振っていた。

聴力の検査もしたが、

「悪くなってるね」

難聴になっているほうの耳の聴力が前よりも落ちていると言われた。

「耳鳴りも続いているようだし、回転性の目眩があるようなら、はっきりメニエールとまでは断定できないけど、その症候群の疑いはあるね」

そう医師に告げられた。

春也がやっと「薬をやめよう」と自分から行動し、少しずつ薬を減らし始めた矢先だったし、それまで以上に頑張ろうとし過ぎていたのかもしれない。その後、何度か目眩の発作が起き、そのたびに目眩止めの注射を打ってもらっての生活になっていた。


年が明けて、春也は本気で「薬をやめたい」と言ってきた。

「つらいので、起こさないでくれ」と言うので、わたしは春也を黙って寝かせておいた。それでも目が覚めてしまって、我慢できずに薬局へ行って薬を飲んでしまう日もあった。春也はもがいていた。つらかったに違いない。仕事がほぼない冬の時期だったので、お客さんと応対することもなく、起きている間はテレビを観たりして過ごしていたが、笑顔はほとんどなかった。

　そうして寝たきりの生活から一か月、二か月が過ぎ、三か月たった頃から少しずつ薬を飲まずに日中起きていられる日が増えてきた。四か月が過ぎ、五月になると仕事の電話が鳴り始めてきた。その頃には、薬を飲まなくても一日仕事ができるようになっていた。

　波子の病気のことも気になっていたのだろう。母の日には毎年欠かさず春也は波子に花を贈っていたし、薬をやめて頑張っている姿をいちばん見せたかったのは母親の波子だったのだと思う。だからこそ、波子が元気になってくれることを願い、春也は我慢に我慢を重ね、ようやく薬を断つことができたのだ。やっと乗り越えることができたのだ。


　それから二か月後の七月、突然訃報が入った。

　手術後、元気でいるとばかり思っていた波子が亡くなったのだ。癌が転移していたらしい。話好きな波子だったから、きっと話したいこともたくさんあっただろうに、電話は取り次いでもらえず、結局手術後わたしとは話すことなく逝ってしまった。病気の母親を見舞うことも許されず、春也も波子には会えずじまいで、とても悲しい最期だった。

生前、波子は春也の満期になった保険があるとは言っていたが、「わたしがお父さんより先に死んじゃったら渡せないね」と言っていた通り、波子の遺品からそんなものは出てこなかった。それどころか、義兄は、春也に波子の貯金を解約するための承諾書に判を押させようと、春也に東京まで出てくるように言ってきた。それまでは春也に「家に来るな」の一点張りだったのに、今度は自分たちの都合のために家に来いというのだ。

お金のない春也は高速も使えず、実家まで往復十二時間もかけて行ったが、「お袋が死んだのはお前のせいだ」と義兄に言われ、承諾書に判を押させられて、もたされてきたのは五万円と、形見分けと称する波子の古着だった。

「葬儀に何百万もお金がかかった」とか、「お墓を直すためにお金が必要だ」とか、春也に五万しかやれないわけを言っていたそうだが、春也に仕事を休ませ、東京まで来させて、たったの五万円しか渡さず日帰りさせる山辺家の人間たちには呆れるばかりだった。

親兄弟からこんな扱いを受けて、春也が心底かわいそうと思うのと同時に、わたしは家族から愛され幸せな家庭環境に育ったんだなと思った。少し熱を出したくらいで、小学生の甥っ子までもが心配してくれたりするのだから。

愛情とはどんなものなのか。

これもまた、物差しなどでは測り得ることができないものだけれど、親の愛、家族の愛、歪みのない愛情の中で育った子どもはけっして道を外さないとわたしは信じている。

咳止め薬はやめることができても、春也は今もなお、精神安定剤を飲んでいる。それほどまでに親に負わされた傷は大きいのだ。親兄弟はすべて春也の責任というが、けっしてそうではないと、わたしは強く思っている。

春也を抱え、苦しみ、逃げ出したくなるような日々もあったけれど、いつか長いトンネルを抜けて陽のあたる場所に辿り着けることを願い、闘い続けた。

片耳の聴力を失い、時には声を失い、時には普通に歩けなくなり、今なお軽度のメニエールのような目眩を抱えながらも。そうして、やっと真っ暗なトンネルの出口に辿り着くことができたのだ。

「お袋、俺、薬やめられたよ」

そんな春也の声が、波子の最期の時までに届いたのかはわからないが、春也の部屋の押入れからは薬の瓶が消えた。ゴミ箱に薬局のレシートが捨ててあることもなくなったので、春也は本当に薬をやめているようだった。

一度「薬物依存症」になってしまった者に完全な回復はないと、栗山さんは言っていた。それは本人が痛感していることで、薬を見れば「飲みたい」という気持ちは常にあるという。毎日が「飲みたい」と思う気持ちとの闘いなんだと。

春也も今はやめているとはいえ、いつ魔が差すかはわからない。これから「飲みたい」という気持ちと一生闘っていくのだ。終わりのない旅が始まったといえる。

けれど、それは「薬物依存症」に陥った人間だけに言えることではないのではないか。誰もが「弱さ」をもっていて、生涯自分の「弱さ」と闘い続けていくことが、「生きる」ということなんじゃないかと、闘い続けた十年以上もの歳月を振り返りながら思う。

なぜ、こんな茨の道を選んで歩いてきてしまったのか。ふと考える。

離婚という選択肢はいつもあった。ただ、どうにも踏み切れなかったのにはわけがある。春也への情や想いなんだろうと、人が思ってくれれば美談のようだが、実際のところは少しはそうであってもだいぶ違うのである。

春也が入院治療を始めた時、「ああこれで、しばらくはお金の要求をされず、静かに暮らせる」と思ったのだが、意外にもそうではなかった。春也を遠い病院に独り置いてきてしまったことで、「ちゃんとやれているのかな」、「薬、断てるのかな」とそんなことばかり考えて、少しも気楽に過ごせた時間などなかった。

その時に嫌というほど、自分のダメさ加減を思い知った。

離婚して、春也と別れてしまえば、苦労もなくなり、新しい人生の道も開けるのに、とも思えるのだが、わたしの場合、「春也を見捨ててしまった」という後悔の念はきっと一生消えないだろう。義兄は「戻ってきても春也を家には入れない」と言っていたし、「春也は施設にやられてしまうんだろうな」などと、春也の将来ばかりを気に病んでしまう。上手く言い表せていないかもしれないが、それがわたし自身のもつ「心の弱さ」なのだ。

親兄弟に見放された春也の病気を独りで治すと決めて、闘い続けたわたしを、世間の人たちは「強いね」と言うかもしれない。けれど、もし母が生きていて、それを聞いたなら、大笑いするだろう。

「あの神経がか細くて、ちっちゃいことですぐへこむ依和が強いだって！」と。

満身創痍になりながら、ここまで頑張ってしまったのは、本当はわたしの弱い心のせいだなんて、誰が思うだろうか。

窓から陽が射し込む部屋で、眩しさも気にせず呑気に寝ている春也を見ながら、わたしはふっと苦笑するのだった。

あとがき

まずはここまでわたしの拙い文章を読んでいただいたことに感謝します。

何も知らなかった頃のわたしは、有名人が違法薬物所持の再犯で捕まるニュースを見るたびに、「あんなに反省したのに、なんでやめられないかなあ。意志弱すぎでしょ」などと、正直思っていました。それは自分とはあまりにもかけ離れた世界の出来事で、他人事だったからでしょう。

ですが、「薬物依存症」を患う人間が身近に現れ、初めて「薬物依存」という病の恐ろしさと、治療の難しさを痛感しました。

この話はわたしの単なる実体験で、患者の依存を断ち切らせる方法の成功例とはけっして言えません。更には、何人かの方の体験談を聞いて感じたことですが、おそらくマニュアル的な絶対の治療法はないと思われます。それでも、わたしが家族の「薬物依存」をなんとかやめさせようと悪戦苦闘した日々を綴ることで、失敗した点や良いほうに向かった点などを参考にしていただければと思います。

そして、同じような病気の家族をもっている方々へ、何よりも言いたいことがあります。それは「独りで抱え込まない」ということです。

わたしの場合も、独りで「なんとかしなきゃ！」と頑張り過ぎて、身体を壊しました。八方塞がりになってしまっていたわたしを救ってくれたのは、春也の親兄弟でもなく、依存症治療専門の医師でもなく、「家族会」の存在です。

「家族会」の仲間は同じような苦悩を抱えているからこそ、みな話し手に共感し、寄り添って話を聞いてくれます。否定的な意見を言う人はいません。

対応策を話し合ったりもしますが、何よりも話を聞いてくれる人の存在は大きいのです。どれだけ気持ちが救われるか、人と接するのが苦手で、最初は恐る恐るだったわたし自身が、参加して本当に良かったと今では思います。

もし、独りで抱え込んでいる人がいたら、行ける範囲にある近くの「家族会」を見つけて、ぜひとも参加することをお勧めします。

少しでも気持ちの重荷を下ろせますよう、心から願っています。

著者プロフィール

山辺 依和（やまべ いより）

東北地方在住。大学時代の専攻は児童教育、児童心理学。趣味はイラスト。
2003年　母親が他界。ネットサーフィンを頻繁にするようになる。
2005年　母の三回忌の年、ネット内で「心の病」を患う春也に出会う。
2007年　春也と入籍。その後すぐに、春也が『薬物依存症』と知る。
2011年　突発性難聴を発症し、片耳の聴力を失う。東日本大震災で被災。
2016－2017年　「薬物家族教室」に参加。
2018年　薬物依存症の治療のため、春也が入院する。
2019年　春也が薬断ちを開始。現在に至る。

いつか辿り着ける陽のあたる場所 ～薬物依存症の家族を抱えて～

2024年２月15日　初版第１刷発行

著　者　山辺 依和
発行者　瓜谷 綱延
発行所　株式会社文芸社
〒160-0022　東京都新宿区新宿１－10－１
電話　03-5369-3060（代表）
03-5369-2299（販売）

印刷所　株式会社フクイン

ISBN978-4-286-24945-2